스파이 패밀리

SPY×FAMILY

노벨라이즈 ③

신비한 개와 폭탄 사건

원작·일러스트 엔도 타츠야
저자 와다 히토미

학산문화사

CHARACTER

SPY×FAMILY

로이드 포저	아냐 포저	요르 포저
관계 : 아버지 직업 : 정신과 의사	관계 : 딸	관계 : 아내 직업 : 시청 사무원
정체는 100가지 얼굴을 가진 웨스탈리스의 엘리트 첩보원, 암호명은 〈황혼〉.	어느 조직의 실험으로 태어난 마음을 읽는 초능력자.	살인 청부업자라는 두 얼굴을 가지고 있다. 암호명은 〈가시 공주〉.

MISSION

오퍼레이션 〈올빼미〉

동서의 평화를 위협하는 위험인물 데스몬드의 동향을 살피는 작전. 작전을 수행하려면 데스몬드의 아들이 다니는 명문 이든 칼리지 학부모 친목회에 잠입해야 한다.

TARGET 도노반 데스몬드

오퍼레이션 〈올빼미〉의 표적. 오스타니아 국가통일당 총재.

KEY PERSON

하얀 개

신비한 능력을 가졌다…?

실비아

웨스탈리스 정보국의 관리관.

베키 블랙벨

아냐의 친구.

유리 브라이어

요르의 동생. 비밀경찰 소속.

다미안 데스몬드

타깃 데스몬드의 둘째 아들.

CONTENTS

SPY×FAMILY

SPY×FAMILY

노력한 아냐에게 상을 주기 위해 포저 가족은 펫 숍으로 향하는데….

MUNGMUNG!!

그 즈음, 폭탄견으로 웨스탈리스의 외무상을 암살하려는 계획이 진행되고 있었다.

MUNGMUNG!!

세 사람은 각각 사건에 휘말리는데?!

그런 가운데, 아냐는 신비한 힘을 지닌 하얀 개를 만나게 된다…!!

포저 가족에 새로운 구성원이 생길지도!

← 뒷내용은 본편에서 읽어 주세요

STORY

웨스탈리스의 엘리트 첩보원 〈황혼〉은 전쟁을 일으키려는 오스타니아의 중요 인물 데스몬드의 계획을 알아내기 위해 가족을 만들라는 명령을 받는다. 하지만 그렇게 만난 딸 아냐는 초능력자. 아내 요르는 암살자였다!!

명문 이든 칼리지에 입학한 아냐는 '임페리얼 스칼라(황제의 학생)'라 불리는 특대생이 되는 데 필요한 '스텔라'를 하나 획득한다!

SECRET

제1화 스타라이트한 상

어둠을 달리는 지하철 차량 안, 여자와 노인이 같은 좌석의 양쪽 끝에 앉아 있다.

여자는 선글라스를 썼고, 머리부터 귀까지 스카프를 뒤집어 쓰고 있다.

노인은 하얀 수염을 기른 남자로, 모자와 안경을 썼으며 지팡이에 손을 얹은 채 조용히 눈을 감고 있었다.

차량 내에 승객은 얼마 없었지만, 유독 그들의 근처에는 사람이 없었다.

여자는 표정을 바꾸지도 않고 입도 거의 움직이지 않으며 살며시 말했다.

"딸이 **'스텔라'**를 받았다지. 에이전트 **〈황혼〉**."

그러자 노인도 표정을 바꾸지 않고 답했다.

"네, **관리관님**. 덕분에 간신히…."

그렇다. 우연히 차량에서 마주친 타인…처럼 보이는 두 사람은 **웨스탈리스 정보국 대 오스타니아과 〈WISE〉**를 지휘하는 관리관과 오스타니아에 잠복 중인 에이전트 〈황혼〉이었다.

〈황혼〉은 현재 **로이드 포저**라는 이름으로 **오퍼레이션 〈올빼미〉**를 수행 중이다.

미션의 목적은 오스타니아의 요인(要人) **도노반 데스몬드**가 꾸미고 있는 동서전쟁계획을 저지하는 것이다. 대대적인 무대에는 좀처럼 모습을 드러내지 않는 데스몬드와 접촉할 수 있는 기회는 다름이 아니라 그의 아들이 다니는 명문 이든 칼리지에서 열리는 특대생과 그 가족이 모이는 친목회였다.

그 모임에 참석할 자격을 얻기 위해 로이드는 우선 가족 만들기 작업에 착수했다. 고아원에서 만난 **아냐**를 딸로 거두고, 이어서 거리의 의상실에서 우연히 만난 **요르**를 아내로 맞았다.

엄격한 입학시험을 돌파해 아냐를 이든 칼리지에 입학시키는 데 성공한 로이드의 작전은 특대생을 목표로 하는 과정으로 넘어갔다. 그리고 아냐는 입학하자마자 특대생이 되는 데 필요한 훈장 '스텔라'를 하나 획득했다! 특대생이 되려면 총 여덟 개의 '스텔라'가 필요하니 상당한 진전이라 할 수 있었다.

"이 기세를 몰아 다른 에이전트들을 이용해 자작극을 벌이고 공을 세우는 건 어떨까."

"아무래도 수상해 보이겠죠. 무엇보다 귀중한 인원의 정체가 탄로 나거나 체포될 수 있는 위험을 무릅쓸 수는 없습니다."

"하긴 그렇군…."

로이드와 관리관은 열차가 달리는 소리에 목소리를 숨겨 가며 담담하게 대화를 나눴다.

"본부에서 초조해합니까?"

"…아니. 하지만 데스몬드 주위의 몇몇 기업에서 수상한 자금 흐름이 늘어났어."

관리관은 선글라스 안쪽에서 날카롭게 눈을 빛내며 심각한 표정으로 말을 이었다.

"낙관할 상황도 아니니. 조속히 주모자와의 접촉을 시도해라. 딸에게는 사탕이라도 줘서 의욕을 키워 주고."

◇

이든 칼리지의 아침은 자택에서 운전수가 모는 차를 타고 온 학생, 스쿨버스로 통학하는 학생, 부지 내의 기숙사에서 사는 학생들이 합류해 인사를 나누는 데에서부터 시작된다.

"안녕~"

"어제 그거 봤어~?"

"아~ 숙제 깜박했다~"

그러던 중 스쿨버스 한 대가 도착했다.

안에서 아냐가 씩씩하게 내렸다.

학교에서 수여한 '스텔라' 배지가 가슴에서 빛났다.

아냐가 "흣." 하고 한껏 여유롭게 웃은 후, 새침한 얼굴로 걸어 나가자….

"와, 쟤 맞지? 벌써부터 '스텔라'를 받은 3반 애가."

"최단 기록이래."

"인명 구조를 했다며?"

"진짜?"

동급생들뿐 아니라 상급생들까지 모두가 주목했다.

'별의 반짝임이 너무 눈부셔서 아냐가 눈에 띄는군….'

훗.
반짝
반짝
웅성
웅성
웅성
와, 재 맞지?
벌써부터
스텔라를 받은
3반 애가.
최단기록이래.
진짜?
인명구조를
했다며?
별의 반짝임이
너무 눈부셔서
아냐가
눈에 띄는군….
끼긱
흫

아냐가 "훗." 하고 또다시 웃던 참에 같은 반 친구인 **베키 블랙벨**이 다가왔다.

"안녕, 아냐!"

베키는 평소처럼 밝은 목소리로 말을 걸었다. 하지만 아냐는 베키의 얼굴 앞에 손가락을 내밀더니 좌우로 흔들었다.

"쯔 쯔 쯔."

"?"

"'스타라이트 아냐'라고 불러."

아냐가 야무진 표정으로 말하자 베키는 순간적으로 식겁한 눈으로 쳐다보았지만, 일단 맞장구를 쳐 주기로 했다.

"어… 아… 응…. 아무튼 굉장하다, 유명 인사네! 모두에게 존경받고 친구가 100명쯤 생길지도 몰라!"

"!"

베키의 말을 들은 아냐의 머릿속에서 순식간에 상상이 부풀어 올랐다.

아냐의 머릿속에 떠오른 것은….

같은 반인 데스몬드 가문의 둘째 아들인 다미안이 말을 걸어오는 광경이었다.

'다시 봤습니다, 아냐 님. 친구가 되어 주세요! 부디 우리 집에 놀러와 주세요! 부모님과 함께!'

그렇게 부탁을 해서 가족끼리 친목을 다지게 되어….

'잘했다, 아냐!'라고 로이드가 칭찬하는 전개로 이어질 거다.

분명 로이드는 '이제 임무는 성공이야!'라면서 좋아할 테고, 그 결과 세계는 평화로워져 해피엔딩을 맞이할 거라고 아냐는 생각했다.

하지만 현실은….

"잘난 척 하지 마."

교실에서 얼굴을 마주친 **다미안 데스몬드**는 깔보는 눈빛으로 아냐를 위협하더니 "칫." 하고 혀를 차며 성큼성큼 떠나갔다.

"재 뭐야? 재수 없어~!!"

얼굴을 찌푸린 베키 옆에서 아냐도 눈을 가늘게 뜨고서 생각했다.

'계획과 달라… 세계의 위기.'

"됐어. 우린 저기 앉자, 아냐!"

"……."

다미안 따위 신경 쓸 필요 없다는 듯이 베키가 재촉했지만, 어째서인지 아냐는 꼼짝도 않고 물끄러미 베키를 쳐다보고 있었다.

순간, 베키의 머릿속에는 물음표가 떠올랐지만 금방 무엇 때문인지 알아채고는 다시 말했다.

"…저쪽에 앉자, 스타라이트 아냐."

"윙."

겨우 움직이기 시작한 아냐를 보고 베키는 속으로 친구로서 솔직하게 투덜거렸다.

'귀찮아 죽겠네….'

3반 학생들은 저마다 자리에 앉아 수업이 시작되기를 기다렸다.

하지만 뒤쪽 자리에서 아냐를 보고 있던 남학생들이 수군수군 악담을 하기 시작했다.

"푸후훕, 웃긴다."

"진짜 기고만장하네, 저 녀석."

"보란 듯이 배지 달고 다니는 꼴 좀 봐."

"보통은 저거 달고 학교에 안 오는데."

그 말을 계기로 여학생들도 수군대기 시작해, 교실 안은 어쩐지 심술궂은 분위기로 물들어 갔다.

"저렇게 거친 애가 어떻게 사람을 구했을까~"

"물에 빠진 애를 구했다던데, 자기가 떠밀어서 빠뜨린 거 아냐?"

"그럴지도~"

"아니면 학교에 돈 먹이고 '스텔라'를 산 거 아냐?"

"에이~ 그렇게 부자 같지도 않던데."

악의로 가득한 험담이 들려와서 아냐는 쿠웅~ 하고 충격을 받고 말았다.

"신경 쓸 것 없어, 샘나서 저러는 거야." 베키는 그렇게 말했지만….

신이 난 여학생들은 의기양양하게 다미안에게도 말을 걸었다.

"저기~ 다미안도 그렇게 생각하지~? (비위 잘 맞추라고 아빠가 그랬으니까)"

"분명히 꼼수 썼을 거야~"

하지만 다미안은 싸늘한 눈빛으로 여학생들을 쳐다보며 말했다.

……
이럴 때는 진짜 호탕하다니까.
멋지십니다.
학교에 불만이 있으면 다른 곳에 편입시험이라도 보든가.
아직 늦지 않았어
어… 아니….
그런 난쟁이 똥자루한테 뒤처진 게 분하다고…!
요행이 아니라서 더욱,
땡그랑─
땡그랑─
수업 시작한다─.
달칵
재 생각보다 비열하진 않나 봐…?
……

"너는 우리 학교가 그런 착오나 부정으로 '스텔라'를 퍼 주는 삼류 학교라고 생각하는 거냐?"

"어… 아니…."

생각지 못한 반론에 여학생들은 움찔했다.

"학교에 불만이 있으면 다른 곳에 편입시험이라도 보든가. 아직 늦지 않았어."

다미안이 딱 부러지게 반론하자, 늘 다미안을 따라다니는 유인과 에밀은 감탄했다.

'이럴 때는 진짜 호탕하다니까.'

'멋지십니다.'

하지만 당사자인 다미안은 책상에 똑바로 앉아 씁쓸한 표정을 짓고 있었다.

'요행이 아니라서 더욱, 그런 난쟁이 똥자루한테 뒤처진 게 분하다고…!'

사람이나 동물의 마음의 목소리를 듣는 능력을 지닌 아냐는 뒤로 돌아 다미안을 빤히 쳐다보았다.

그 옆에서 베키가 중얼거렸다.

"재 생각보다 비열하진 않나 봐…."

댕그랑, 댕그랑. 점심시간을 알리는 종소리가 울렸다.

식당에 간 아냐와 베키는 점심 식사가 담긴 트레이를 테이블로 옮겼다.

"근데 부모님께 상으로 뭘 받을지 정했어? 아냐… 스타라이트 아냐."

베키는 아냐가 원하는 호칭으로 다시 불러 주며 물었다.

"상?"

"그래. 시험이나 대회에서 잘하면 부모님이 상을 주잖아."

"땅콩도 받을 수 있어?"

"그런 것보다 훨씬 비싼 걸로! 난 지난번 시험 때 예쁜 드레스랑 티아라를 사 주셨거든?"

베키가 받은 티아라에는 진짜 보석이 박혀 있었다.

식사를 시작한 베키는 자신이 받았던 상을 떠올리면서 말했다.

"하긴 지금까지 썩 대단한 건 못 받았지만…."

베키가 떠올린 물건들을 초능력으로 읽은 아냐는 거대 케이크, 정원에 지은 작은 집, 다이아가 박힌 인형, 핑크색 전차, 핑크색 전투기 등… 너무도 장대한 상의 내용에 눈이 휘둥그레졌다. 전부 **대단한 것**들이었기 때문이다.

"너희 집 뒤에서 세계를 좌지우지하는 비밀 조직이야?"

"무슨 소리니? 번듯한 회사인데."

"음~ 그러면."이라고 운을 뗀 아냐는 지금 갖고 싶다고 생각한 것을 그대로 말했다.

"아냐 성 갖고 싶어."

"그건 좀 무리 아닐까. 놔둘 곳도 없고."

"…그럼 땅콩 1년치?"

"그건 문제없겠지만… 그걸로 되겠어…? 기쁘겠니…?"

"…상 어렵다."

아냐가 고민에 빠지자 베키가 특히 기뻤던 상이 무엇인지를 말해 주었다.

"음~ 역시 내가 제일 기뻤던 건 비젤이었어. 아, 우리 멍멍인데, 엄~청 귀여워!"

"멍멍이?"

그때, 다미안 일행이 근처에 걸어가는 걸 발견한 아냐가 말을 붙였다.

"차남도 개 있어?"

"그런 애한테는 왜 묻니?" 베키는 입술을 삐죽거렸지만 다미안이 아냐의 질문에 반응했다.

"뭐? 개?"

다미안은 신경질적으로 말을 이었다.

"알 게 뭐야! 함부로 말 걸지 마!"

하지만 다미안의 마음을 읽은 아냐는 알았다.

다미안이 맥스라는 개를 진심으로 아끼고 있다는 사실을….

아냐는 또다시 머릿속으로 상상을 펼쳤다.

그 내용은….

'아냐도 개 생겼어!'

'정말이야?!'

아냐가 개에 관해 이야기하면 다미안이 관심을 보이며 흥분해서 말하는 광경이었다.

'좋아, 우리 맥스랑 누가 더 귀여운지 대결하자! 우리 집에 데리고 와! 너희 부모랑 같이!'

개를 데리고 가족 단위로 친목을 다지는 전개로 이어질 테고….

'어서오시오, 포저 씨.'

'전쟁은 그만둡시다, 데스몬드 씨.'

데스몬드와 로이드가 그런 이야기를 해서, 결과적으로 세계는 평화로워져 해피엔딩을 맞이하는 거다…!

아냐는 다미안을 바라본 채 **"훗"** 하고 옅은 미소를 지었다.

그 자리를 떠나던 다미안은 아냐의 표정을 보고 머릿속에 무수히 많은 물음표를 띄웠다.

그날 밤, 아냐는 바로 부탁했다.

"뭐? 상으로 개를 갖고 싶다고?"

"개 기르면 평화로워져."

"음… 사실 뭔가 사 줄 생각이었지만…."

갑작스러운 부탁에 로이드는 고민에 빠졌다.

그 옆에서 요르는 앞으로 몸을 숙이고 진지한 눈빛으로 아냐에게 말했다.

"아냐, 동물을 기르는 건 아주 힘든 일이랍니다. 책임이 따르니까요!"

하지만 로이드는 의외로 긍정적인 반응을 보였다.

"개라… 아니, 응, 한번 검토해 볼까. 여긴 동물도 허용되니까."

그렇게 말하면서 '잘 훈련된 개라면 이 집의 보안 향상에 도움이 될지도 몰라.'라는 생각과 함께 강하고 울끈불끈한 대형견을 떠올렸다.

한편 요르는 이렇게 생각했다.

'…개는 사나운데. 아냐가 물려 죽지는 않을지 걱정돼요….'

살인 청부업자 일을 할 때, 자신에게 이를 드러내던 개들에게 아냐가 물리는 모습을 상상하기도 했다.

그리고 그런 두 사람의 마음을 읽은 아냐는 깜짝 놀라 눈물을 글썽거리며 말했다.

"…아냐는 귀여운 개가 좋아… 조그만 걸로…."

"어… 그래, 알았다."

아냐의 부탁에 로이드가 고개를 끄덕였다. 작아도 유능한 개는 있을 테니, 로이드는 나중에 조직에게 준비해 달라고 하기로 했다.

요르는 아직도 소형견이 나이프를 물고 아냐에게 덤벼들지는 않을까 걱정이었지만….

어찌 되었든, 포저 가족이 주말 나들이를 갈 곳은 '펫 숍'으로 결정되었다.

◇◆◇

어슴푸레한 건물 안을 두 남자가 걷고 있었다.

개 기르면 평화로워져.
음… 사실 뭔가 사줄까 하긴 했지만….
평화? 마음의…?
아냐, 생물을 기르는 것은 아주 힘든 일이랍니다.
책임이 따르니까요!
개라… 아니, 한 번 검토해 볼까.
여긴 동물도 허용되니까
로이드 씨.
아버지….
잘 훈련된 개라면 이 집의 보안 향상에 도움이 될지도 몰라.
울끈 불끈
파수견을
…개는 사나운데, 아냐가 물려 죽지는 않을지 걱정돼요….
꽉
요르가 지금까지 본 개들
개는 강해요

"매각처는 정해졌어?"

"음~ 반응이 영 뜨뜻미지근하네요…. 혁명가 기분이나 내는 찌질한 놈들이라…."

"폭탄견이라도 만들려고 그러나? 이 녀석들도 딱하지. 인간들의 노리개나 되려고 이래저래 굴렀으니."

남자들이 복도 끝에 있는 쇠창살로 된 문을 열자 "크르르르…." "멍멍." 시끄러운 울음소리가 울리고 짐승들의 냄새가 풍겨 나왔다.

"시끄러, 밥 먹고 싶으면 닥쳐."

방 안에는 동물용 우리가 2층으로 늘어서 있고, 개들은 관리도 청소도 제대로 되지 않는 열악한 환경에 갇혀 있었다. 어떤 개는 침을 흘리며 요란하게 짖어 댔고, 어떤 개는 깨깨 말라 힘없이 몸을 움츠리고 있었다.

"3번하고 5번이 좀 약해졌는데?"

"알 게 뭐야, 냅둬."

"이 녀석들은 영 똘똘해 보이질 않아서."

남자들은 투덜거리며 개들에게 형편없는 먹이를 주었다.

그러던 중, 한 마리의 개가 그곳에는 없는 세 사람… 성인 남녀와 소녀의 기척을 느끼고 귀를 움찔했다.

그것은 꾀죄죄한 털에 끄트머리만 검은 네 다리를 지닌, 매우 커다랗고 하얀 개였다. 하얀 개는 비틀거리며 몸을 일으켜 바깥을 물끄러미 쳐다보았다.

......
이런거나 이런거
약해 보여서 안심이네요

3번하고
5번이 좀
약해졌는데?
알 게 뭐야,
냅둬.
끙끙
이 녀석들은
영 똘똘해 보이질
않아서.
시끄러-
움찔
지
지
직...
비틀
비틀
스윽...

SPY×FAMILY

제2화 더럽게 긴 하루의 시작

[다음 뉴스입니다. 어제 오후 웨스탈리스의 브란츠 외무상 일행이 베를린트 공항에 도착했습니다. 오늘 밤부터 시작될 각료 회의에서 동서 수뇌 회담을 위한 사전 준비를….]

웨스탈리스의 외무상이 오스타니아를 방문한다는 뉴스가 오스타니아에 퍼진 가운데, 어느 건물에서 몇 개나 되는 케이지가 운반되었다.

케이지 안에는 번쩍번쩍 눈을 빛내는 개가 한 마리씩 들었다.

남자들은 케이지를 왜건 차량에 싣고는 씨익 웃으며 말했다.

"좋아, 준비 완료. 시작하자."

◇◆◇

"멍멍멍~ 멍멍멍~♪"

더플코트를 입은 아냐의 활기찬 노랫소리가 울려 퍼졌다.

세 가족이 함께 외출해 요르와 손을 잡고 거리를 걷던 아냐는 지금부터 시작될 개와의 생활이 너무나도 기대되었다.

"개도 땅콩 먹어? 같이 먹고 싶어."

"되도록 안 주는 게 좋다더라."

로이드의 말에 시무룩해진 아냐에게 요르가 살며시 말했다.

"멍멍이가 좋아하는 걸 주죠."

오늘 외출을 빙자한 오퍼레이션 〈올빼미〉 작전 목표는… **'펫숍'**이다.

''스텔라'를 8개 받아 친목회에 참석할 때까지 어떻게든 이 아이의 의욕을 유지해야 한다.'라며 로이드는 의욕을 불태우고 있었다.

"다 왔다."

철커엉…
좋아,
준비 완료.
시작하자.
파앙…

로이드가 데려온 곳은 귀엽고 친근한 분위기의 '펫 숍'으로, 그 이름은 'PET PARK'였다.

"상이다 상 멍멍 멍~♪"

아냐는 신이 나서 문을 열었다.

하지만 안에는 험악하게 생긴 우락부락한 개들이 있었다. 질겅질겅 입을 움직이며 이빨을 보이고, 울끈불끈한 커다란 몸으로 떡하니 버티고 있다.

'펫 숍'의 주인장이 로이드에게 귓속말을 했다.

"어떻습니까, 〈황혼〉? 모두 실전 훈련을 잘 받은 녀석들이죠. 추적술이나 제압술 등등…."

이곳은 〈WISE〉가 관리하는 군용견 판매점인 것이다.

로이드는 이왕 기를 거라면 보안상 도움이 될 맹견이 좋겠다는 생각에 이곳으로 왔다.

하지만 아냐에게 선물하기에는 개들이 너무 험상궂게 생겨서….

"또… 똑똑해 보이고 귀여운 개들이구나, 아냐."

로이드가 조심스럽게 말을 걸자, 아냐는 눈을 가늘게 뜨고 입술을 구긴 채 못마땅한 표정으로 돌아보았다.

'으아아아아아, 틀렸어!! '진짜 싫어'라고 말하는 얼굴이야…!!'

당황한 로이드는 곧장 주인장에게 물었다.

"조… 좀 더 작고 애교가 있는 녀석은 없나?!"

"음~ 아는 브리더에게 물어볼까요…."

아냐는 개들의 마음의 소리를 들었다.

'나 힘세.'

'나 근육 짱짱해.'

험악하게 생긴 개들은 역시나 사나웠다.

쿠
웅…
꿀꺽 꿀꺽
파닥 파닥
어떻습니까, 〈황혼〉?
모두 실전훈련을 잘 받은 녀석들이죠.
여기는 WISE가 관리하는 군용견 판매점.
추적술이나 제압술 등등
어?
뭐야?
기왕 기른다면 보안상 도움이 될 맹견이 좋겠다고 생각했는데….
또… 똑똑해 보이고 귀여운 개들이구나, 아냐.

"…아냐 이 녀석들 싫어."

아냐가 중얼거리자 "그러네요. 얼굴이 좀 사나워요…."라면서 요르도 동조했다.

로이드는 주인장에게 마침 지금 보호 센터에서 양도회를 하고 있는데 브리더도 거기 있을 거라는 정보를 얻었다. "그럼 거기로 직접 가 보겠습니다."라고 말한 그 순간, 누군가가 가게 안쪽에서 나타나더니….

콧수염을 기른 나이 든 에이전트가 안쪽에서 수신호를 보내는 게 보였다.

'……? 새로운 오더…?'

로이드는 그 즉시 요르와 아냐를 상대로 연기를 했다.

"미안하지만 배탈이 난 것 같으니 먼저 역 앞 보호 센터에 가 있겠어요?"

"아, 괜찮으세요? 여기서 기다릴게요."

요르가 얼굴이 창백해져 힘들어 보이는 로이드를 걱정하며 말했다.

하지만 로이드의 마음을 읽고 상황을 알아챈 아냐가 로이드에게 도움의 손길을 내밀었다.

"아버지 똥 되게 오래 싸니까 먼저 가는 게 좋아."

아냐가 '똥'이라는 말을 강조하는 바람에 두 사람은 얼굴을 붉혔다.

요르는 "그… 그런가요? 알았어요."라고 대답했고, 로이드는 "말을 좀 점잖게 해야지."라면서 눈길을 돌렸다.

'나이스 커버지만 뭔가… 좀….'

로이드를 태운 차량이 시내를 달렸다.

"잠깐만! 사령부까지 데려간다는 말은 못 들었는데요! 너무 늦으면 가족들이 수상하게 볼 거라고요!"

"불만이 있거든 관리관에게 따지게. 긴급 호출이니까."

차를 운전하고 있는 사람은 '펫 숍'에서 수신호를 보냈던 콧수염 에이전트였다. 그는 곧장 로이드에게 상황을 대략적으로 설명했다.

"브란츠 외무상 암살 계획…?"

"그래, 오늘 밤 회담을 노리고 있겠지. 범인 그룹으로 지목된 자들은 베를린트 대학에 다니는 배외주의 대학생 수 명일세. 비밀경찰도 마크하고 있는 모양이야."

배외주의란 다른 국가나 민족의 사상과 문화, 혹은 외국인 그 자체를 혐오하고 쫓아내려 하는 사고방식을 말한다.

〈WISE〉는 대사관 주변을 어슬렁거리던 관계자 중 한 명을 우연히 구속해서 현재 심문 중이다. 하지만 동료들에 관해서는 아무것도 말하지 않았다고 한다.

"…그래서 나를 부른 겁니까?"

"아빠와 첩보원, 양다리 걸치느라 힘들겠군."

"아빠 노릇도 제 임무입니다."

콧수염 에이전트의 동정 어린 말을 냉정하게 정정하며 로이드는 이야기를 진행시켰다.

"…그나저나 시대가 변했군요. 이런 어린애까지 테러리스트라니…."

건네받은 자료에는 눈매가 날카롭기는 하지만 아직 앳된 구석이 남아 있는 소년의 사진이 붙어 있었다.

또각또각 구두 소리를 내며 관리관이 〈WISE〉 취조실에 들어섰다.

관리관은 챙 넓은 모자를 쓴 위압감을 풍기는 여성이었는데, 소년은 동요하지 않고 관리관보다 먼저 입을 열었다.

"…몇 번을 와도 할 말 없어. 난 동지를 팔지 않아."

하지만 관리관은 싸늘하게 말했다.

"아니, 너는 이제 필요 없다. 너희 리더가 잡혔으니까."

"?!"

소년은 놀란 나머지 동요한 기색을 숨기지 못했다.

그 후, 소년은 답답한 마음으로 다른 방으로 이동하게 되었는데 그 중간에 자리한 복도에서 연행되어 온 리더 청년의 모습을 목격했다.

"! 키스!!"

소년은 무심결에 리더의 이름을 불렀다.

하지만 키스라 불린 청년은 소년에게서 고개를 돌리더니 마구 말을 쏟아냈다.

"저… 저 녀석이야!! 모두 저 녀석이 계획한 거야!! 우리는 그저 말려들었을 뿐이고… 믿어 줘, 난 잘못 없어!!"

"?! 야, 키스, 무슨 소리야…."

어이없어하는 소년은 본체만체하고 키스는 계속해서 용서를 빌었다.

"닥치고 걷기나 해." 그렇게 재촉해도 큰 소리로 외쳤다.

"아는 대로 다 말할 테니까 전 용서해 주세요!"

그리고 취조실로 들어가기 직전, 키스는 소년 쪽으로 고개를 돌리더니 조롱하는 눈빛을 보내며 혀를 내밀었다.

소년은 어이가 없었다.

'…저 녀석이 나한테 죄를 덮어씌우려고…?!'

"대단한 동지애로군."

관리관은 냉혹한 눈빛으로 소년을 바라보았다.

"누가 진짜 리더든 알 바 아니야. 우리한테는 정보를 주는 쪽이 정의니까. 그럼 너는 어떻게 할까…."

키스에게 배신당했다고 확신한 소년은 허둥지둥 소리쳤다.

"잠깐, 난 아니야! 저 녀석이 리더야!! 거짓말 아니라고!! 저 녀석이 계획을 세워서…."

그러자 관리관은 미소를 지으며 말을 이었다.

"…자세히 들려주실까."

취조실에서 관리관이 소년을 심문하기 시작했다.

두 남자가 그 모습을 매직미러를 통해 옆방에서 지켜보았다.

"다행이군. 키스의 활동 기록이 영상에 남아 있어서."

"고작 몇 분도 안 되는 홈비디오만 가지고 본인을 연기하라니, 말이 됩니까?"

한 명은 로이드와 차를 타고 온 콧수염 에이전트였다.

또 한 명은 키스…로 변장한 로이드다.

—그리고 공학부 케빈과 킴.
내가 아는 실행 멤버는 그게 다야.
아지트로 쓰는 곳은 대학 부근 창고와 11번지 술집 2층.
…암살의 구체적인 수단은?
…개야.
정확한 수는 모르지만 몇 마리에서 십여 마리의 개에 폭탄을 달아서 이동 중에 급습할 생각 같아.
술렁…
폭탄견…?

소년의 입을 열기 위해 리더인 청년으로 변장하여 배신한 척한다. 그것이 사령부가 〈황혼〉을 부른 이유였다.

로이드는 얼굴에 붙였던 마스크를 찌익 뜯어냈다.

"상대가 프로였으면 바로 들켰을 겁니다."

"가게로 돌아가겠나?"

"아뇨, 이야기 정도는 듣고 가야죠."

"…그리고 공학부 케빈과 킴. 내가 아는 실행 멤버는 그게 다야. 아지트로 쓰는 곳은 대학 근처 창고와 11번지 술집 2층."

소년은 순순히 자신이 아는 모든 정보를 자백했다.

"…암살의 구체적인 수단은?"

"…개야. 정확한 수는 모르지만 몇 마리에서 십여 마리의 개에 폭탄을 달아서 이동 중에 급습할 생각 같아."

이야기를 듣고 있던 관리관이 눈을 부릅떴다.

"폭탄견…?"

옆방에 있던 로이드 일행도 눈살을 찌푸렸다.

"이런… 훈련된 개를 막기는 어려운데."

콧수염 에이전트가 중얼거리자 로이드도 "…말도 안 돼."라면서 생각에 잠겼다.

"군용견 등의 특수 훈련에는 한 마리당 소형 미사일급의 비용이 듭니다. 일개 대학생들이 그걸 마련할 수 있을 리 없어요…!!"

"배후에 극우파 세력이나 제3국의 공모자가 있을 가능성이 크군…."

소년에게서 정보를 빼낸 관리관은 에이전트들을 모아 대책을 강구했다.

"들은 대로 일이 골치 아파졌다. 이 테러를 저지하려면 기선을 제압하는 수밖에 없어."

"회의 자체를 중지하면…."

로이드가 선택지 중 하나를 말하자, 관리관은 "무리야."라고 답했다.

"오스타니아 정부의 체면도 있으니까. 야당에서는 기뻐하겠지만."

그 후, 관리관은 여당 내부에 넌지시 정보를 흘리라고 에이전트들에게 지시하고서 로이드에게도 "미안하지만 자네도 한

동안 더 여기 있어 줘야겠어."라고 말했다.

"살얼음판과 같은 지금의 동서 관계에서는 암살 성패 여부와 상관없이 이 일이 알려지기만 해도 불미스러운 사태가 생길 수 있다."

관리관은 의연하게 말했다.

"무슨 일이 있어도 사전에 막아야 해."

◇◆◇

눈매가 사나운 남자 둘이 눈빛이 날카로운 셰퍼드와 발끝만 검고 몸은 하얗고 커다란 개를 끌고 가고 있다. 니트 모자를 쓴 남자와 야구모자에 안경을 낀 남자다.

"커피 좀 사 올게. 여기서 기다려. 멍멍이들도 얌전히 있고."

니트 모자를 쓴 남자가 음료를 사러 가고 안경 낀 남자가 개 두 마리를 지키고 있는 동안, 개들은 절도 있게 '앉아' 상태로 기다렸다.

"하하, 정말 똑똑한 녀석들이네."

"나이는 좀 든 모양이지만."

그때 하얀 개가 귀를 움찔했는데….

하얀 개의 시선 끝에는 신이 나서 뛰어가는 어린 남자애가 있었다. 하얀 개는 갑자기 달려 나가 남자애의 셔츠를 물었다.

"어?!"

느닷없이 뒤에서 잡아당기자 남자애는 "으앙~~ 나 잡아먹지 마~~"라고 소리쳤다.

"아니, 이 개는 뭐지?!"

남자애의 어머니도 큰 소리로 외쳤다.

하지만 다음 순간, 더 큰 일이 일어났다.

콰장창…. 건물 위에서 뭔가 커다란 것이 큰 소리를 내며 남자애의 눈앞에 떨어진 것이다.

"꺄아아악!!"

어머니의 비명이 울려 퍼지고, 주변이 소란스러워졌다.

"세상에, 간판이 떨어졌어…!!"

남자애의 근처에 커다란 간판이 찌그러진 채 널브러져 있었다. 그야말로 종이 한 장 차이로 사고를 피한 것이다.

"큰일 날 뻔했구나, 꼬마야."

"깜짝이야…."

남자애는 하얀 개를 쳐다보고는 눈물이 그렁그렁해져서 말했다.

"네가 날 구한 거야…? 고마워…."

하얀 개는 "멈." 하고 짖고는 안경 낀 남자에게로 돌아갔다.

"죄, 죄송합니다, 저희 개가…. 어딜 멋대로 다니는 거야, 멍청아!!"

안경 낀 남자가 식은땀을 흘리며 아이의 어머니에게 인사를 하던 중, 니트 모자를 쓴 남자가 카페에서 돌아왔다.

"왜 그래?"

"아니, 이 녀석이 멋대로…. 정말 괜찮을까, 이 개들…?"

불안감이 가득한 안경 낀 남자에게 니트 모자를 쓴 남자가 말했다.

"이제 와서 계획을 변경할 수는 없잖아. 답사와 마킹은 끝났으니, 얼른 돌아가자. 키스가 화나면 골치 아프니까."

◇◆◇

아냐와 요르는 동물 보호 센터를 찾았다.

넓은 홀에는 유기견과 유기묘, 작은 동물 양도 구역이 늘어서 있고 많은 사람들과 동물들로 북적였다.

"와아! 이게 양도회장이군요! 규모가 크네요. 로이드 씨는 왜 처음부터 여기로 오지 않았을까?"

요르가 눈을 동그랗게 뜨고 말하자, 아냐도 눈을 반짝거리며 곧장 달려 나갔다.

"작은 멍멍이! 고양이! 토끼!"

"아, 안 돼요, 아냐. 그러다 길 잃어요! 알겠죠? 이 멍멍이 구역에서 마음대로 나가면 안 돼요."

"…알았어."

요르의 주의를 받고 아냐가 고개를 끄덕인 후, 두 사람은 신이 나서 소형견을 구경하며 다녔다.

"와~ 닥스훈트네, 귀여워요~♡ 다리가 짧네요♡"라는 요르의 말에 아냐는 "숏다리가 귀여워? 아냐도 귀여워…?"라면서 자신과 비교했다.

그 후로도 신이 나서 **"치와와!" "포메라냔!"**이라면서 작은 개를 가리키고 다녔다.

"강아지를 찾으세요?"

보호 센터의 스태프가 말을 걸어와서 요르는 "기르기 쉬운 견종이 있을까요?"라고 물었다.

그 옆에서 아냐는 문득 보호 센터의 창밖을 바라보았다.

그러다 눈앞에 커다랗고 하얀 개가 불쑥 나타나서 움찔했다.

'커다란 멍멍이…!'

안경 낀 남자의 손에 이끌려 느릿느릿 걷는 그 모습에 아냐가 주목하던 중, 하얀 개도 걸음을 멈추고 아냐를 빤히 쳐다보았고….

"?!"

그 순간, 아냐의 머릿속에 어떤 이미지가 흘러들었다.

그것은 미소 짓고 있는 로이드와 요르 사이에서 아냐가 두 손을 든 채 무언가를 향해 웃고 있는 이미지로, 포저 일가가 사는 아파트의 광경처럼도 보여서 아냐는 눈이 휘둥그레졌다.

'……?! 아냐네 집…?!'

"야, 가자! 왜 그래?"

하얀 개는 남자의 손에 이끌려 맞은편 건물 안으로 들어갔다.

'방금 그건… 멍멍이의 마음…? 아버지도 있었어.'

아냐는 지금 이곳에 없는 로이드까지 보였다는 사실이 신기했다.

그래서 지금 있었던 일을 요르에게 설명하면 어떻게 될지를 생각해 보았는데….

예를 들어 '어머니! 아냐를 아는 개가 있었어!!'라고 말해 봐

스읔…
깜짝
커다란 멍멍이…!
놀랍네
늘늘
!
…….
?!
파직

야 분명 '네? 무슨 말이죠, 그게?'라는 답이 돌아올 거다.

아냐는 하얀 개가 몹시도 신경 쓰여서 "잠시만…." 하고 보호 센터를 빠져나가기로 했다.

맞은편 건물은 벽돌 건물로, 3층은 커다란 격자창이 달린 방이 있어서 아냐의 눈에는 무슨 가게처럼 보였다.

'그 멍멍이 어딨지…?'

조심스럽게 건물에 발을 들인 아냐는 계단을 올라 안쪽에 있는 방을 들여다보았다.

그러자 그곳에 커다란 하얀 개가 묶여 있었다.

"멍멍이…!"

방에는 그 밖에도 여러 개들이 묶여 있었는데, 다들 얌전히 앉아 있었다.

"너 뭐니…?"

아냐가 묻자 하얀 개는 "끄응…." 하고 작은 소리로 신음했다.

하지만 그때 더 안쪽에 있는 방에서 대화 소리가 흘러나왔다.

"눈에 띌 만한 짓은 안 했겠지?"

"괘… 괜찮아. 양도회 덕분에 여기저기 개 끌고 다니는 사람들이 많아서."

"…드디어 때가 왔다."

문 건너편에서 여러 명의 남녀가 모여 있는 듯한 낌새가 느껴졌다.

"이 계획이 성공하면 동서 화합 무드는 무조건 끝나. 영광스러운 오스타니아를 되찾기 위해 브란츠 외무상이 개전의 봉화가 되어야 한다."

리더로 보이는 남자의 말에 주변 사람들이 흥분해 동조했다.

"건방진 서쪽 돼지들에게 철퇴를!"

"철퇴를!"

목소리가 들리는 방 앞에서 귀를 쫑긋 세우고 있던 아냐는 얼굴이 파랗게 질렸다.

'아… 악당들…?! 여기 악당들 집이었어…?!'

위험을 느낀 아냐는 서둘러 건물에서 나가려 했다.

하지만….

툭!

뭔가에 부딪혀 돌아보니 건장한 체격의 거한이 아냐를 내려다보고 있었다.

"야, 너희 뭣들 하는 거야! 꼬마애가 얘길 다 들었잖아!"

"뭐야, 저건 누군데?"

"어… 저… 어떡하지?!"

아냐의 등장에 안쪽 방에 있던 이들은 몹시 당황했다.

그 틈에 아냐는 도망치려 했지만 거한이 더플코트의 후드를 잡아서 붙들리고 말았다.

리더로 보이는 남자는 아냐를 노려보며 나이프를 꺼내더니….

"…어쩌긴, 그야…."

눈을 가릴 정도로 긴 앞머리 아래서 차가운 눈빛을 번뜩이며 말했다.

"처리하는 수밖에 없지."

처치하는 수밖에 없지.
ㅋ
ㅋ
ㅋ
ㅋ
ㅋ
어라?
아냐?

제3화 프로젝트 '애플'과 폭탄견

아냐를 향한 말이 울려 퍼지자 실내에 긴장감이 퍼졌다.

"그만둬, 키스. 아직 조그만 어린애잖아."

동료가 말리려 했지만 키스라 불린 남자는 꿈쩍도 안 했다.

키스는 '폭탄견'을 사용한 테러 계획을 진행 중인 학생들의 리더로, 〈WISE〉 사령부에서 로이드가 변장했던 청년 본인이었다.

키스는 조금도 표정을 바꾸지 않고 아냐를 붙잡고 있는 거한을 향해 말했다.

"부모에게 일러바치기라도 하면 계획이 수포로 돌아가. 커트, 그놈의 입을 막아.”

그때였다.

“멈멈!”

하얀 개가 자신을 묶고 있던 끈을 이빨로 끊고 커트라 불린 거한에게 달려들었다.

“어어?!”

그리고 아냐를 보호하듯 남자들과 아냐 사이에 끼어들어 “우우~!” 하고 큰 소리로 짖었다.

“멍멍아…!”

또다시 하얀 개가 예상치 못한 행동을 하자 남자들이 당황했다.

“이 녀석이 또 멋대로….”

“훈련에 실패한 놈 아니야?”

“짖을 상대를 가려야지. 입 안 다물어?”

빡빡머리 남자가 쇠파이프를 짊어진 채 다가서자….

하얀 개는 사사삭 아냐의 뒤로 몸을 숨긴 채 **“우우~~!!”** 하고 짖었다.

생각지 못한 행동에 이번에는 아냐의 눈이 휘둥그레졌다.

"……."

"……."

순간, 실내에 침묵이 흘렀다.

"이게…."

"그만둬, **도구**가 상하면 어떡해."

잔뜩 짜증이 난 빡빡머리 남자를 키스가 제지했다.

"하지만 조용히 시켜야지…."

조금 전 거리에서 하얀 개를 끌고 다니던 안경 낀 남자가 식은땀을 흘리며 말하자, 니트 모자를 쓴 남자는 "괜찮아."라고 대답했다.

"오늘은 개가 좀 짖어도 신경 쓸 사람 없어."

그 즈음, 요르는 여기저기 개 울음소리가 가득한 양도회장 안을 뛰어다니고 있었다.

"아냐~?! 어디 있어요?!"

양도회 스태프와 이야기하는 동안 모습을 감추고 만 아냐를 찾기 위해 주변 사람들에게 물어보기도 했다.

"저기, 죄송합니다. 혹시 이렇게 생긴 조그만 아이 못 보셨어요? 네이비색 코트를 입었는데….”

“글쎄요?”

“못 봤는데요.”

양쪽 둘째손가락을 머리에 가져가 아냐의 머리 장식을 흉내 내며 설명하고 다녀도 행방을 아는 사람은 보이지 않았다.

“…큭.”

요르는 매우 당황한 표정을 지었다.

두리번두리번 주변을 살펴 아무도 안 보고 있는 걸 확인한 후, 천장 근처로 숙 뛰어올라 회장 전체를 내려다보았다.

‘…없어. 회장 어디에도…!!’

넓은 회장이 많은 사람, 많은 동물들로 북적이는 가운데 아냐의 모습은 어디에도 보이지 않았다.

‘혹시 개한테 잡아먹히기라도 한 걸까…?!’ 그런 생각이 머리에 떠올랐지만 ‘아니, 진정해요, 요르! 그럴 리는 없어! 아마도.’라면서 그 생각을 떨쳐냈다.

‘그렇다면 설마… 유괴…?!’

요르는 아주 얼굴이 새파래졌다.

TV에서 봤던 어린 여자아이를 유괴해서 강제로 결혼시키는 사건이 중앙 아리안에서 다발하고 있다는 뉴스가 떠오른 것이다. 아냐가 '우헤헤, 내 색시.'라고 말하는 낯선 남자에게 붙잡혀 있는 장면이 머리에 떠올랐다….

'어, 어, 어떡하지? 아냐가 강제로 결혼해 버리겠어. 로이드 씨도 없는 이런 때… 아아, 어떡하지?! 나는 어쩌면 좋지?!'

느닷없이 천장에서 바닥으로 뛰어내려 우왕좌왕해서 근처에 있던 사람들을 당황시키며 요르는 마음속으로 로이드에게 도움을 청했다.

'어서 화장실에서 돌아와 주세요, 로이드 씨…!!'

◇

〈WISE〉의 에이전트들은 소년이 자백한 몇몇 아지트에 돌입했다.

그러나 사람이 있었던 흔적은 있었지만 **이미 텅 비어** 있었다.

그 보고를 받은 관리관은 다른 장소로 수사를 나갔던 로이드에게 전화로 상황을 전달했다.

"〈황혼〉인가. 그 녀석이 자백한 아지트 2개소는 비어 있더군. 그쪽은 어떻지?"

[빙고입니다. 멤버 중 한 명인 케빈 놀즈 명의로 흰색 왜건 두 대를 빌렸더군요. 번호는….]

"잘했다. 속히 수배하지. 아아, 그리고 개를 입수한 루트를 조사한 결과 수상한 것이 하나 떠올랐다. 자네도 들은 적은 있겠지만…."

관리관은 오른손으로 전화 수화기를 들고 왼손으로 메모를 하며 말을 이었다.

"**프로젝트 〈애플〉**. 오스타니아 구 정권에서 군사 목적으로 IQ가 지극히 높은 동물을 만들어 내기 위해 했던 연구다."

연구 대상은 부엉이와 거북이, 돌고래와 양, 그리고 개 등, 온갖 동물들이었다고 알려졌다.

[알고 있습니다. 상당히 무모한 실험을 반복했지만 연구 도중 정권이 붕괴해 계획이 좌초. 목표치에 이르지 못하고 미미한 성과로 끝났다고 들었습니다….]

"그래… 그 후 필요 없어진 개를 비롯한 동물들이 처분되지 않은 채 암시장에 유통되었다는 소문이 돌았지."

[…그걸 테러리스트들이 입수했다고요?]

"가능성은 있다."

관리관은 주의하듯 말했다.

"실패한 실험동물들이라지만 어느 정도 지능이 있고 훈련도 된 개들일 테니 조심하도록. 예상치 못한 사태가 일어날 수도 있어."

◇

보호 센터의 맞은편에 위치한 아지트에서 키스가 아냐와 하얀 개를 궁지로 몰고 있었다.

"개한테서 떨어져, 꼬마. 적어도 아프지는 않게 죽여 주마."

날카로운 나이프가 다가오자 아냐는 겁이 나서 뻣뻣하게 굳어 버렸다.

하지만 그때.

하얀 개가 귀를 움찔하더니 아냐의 옆에서 "멈멈." 하고 짖었다.

"?"

아냐가 하얀 개를 쳐다보니 찌르르르릉, 전화벨이 울리는 이미지가 머릿속으로 흘러들었고….

'……?? 전화?'

아냐는 놀라서 주변을 두리번거렸다.

그때, 어째서인지 하얀 개가 아냐가 입은 더플코트의 후드를 덥썩 물었다.

"야, 빨리 안 떨어지면…."

키스가 개와 아냐를 떨어뜨려 놓으려고 입을 열었다.

그 순간….

찌르르르릉!

전화벨이 울렸다. 아냐의 머릿속으로 흘러든 이미지와 똑같았다!

"깜짝이야…."

"누구야, 이럴 때…. 여보세요?"

모두가 전화벨에 놀란 가운데, 남자들 중 한 명이 수화기를 들었다.

"뭐야, 킴이냐? …뭐?"

아무래도 동료에게서 걸려온 전화인 듯했는데, 중간부터 목소리에 당혹감이 섞였다.

"그게 정말이야…? 이봐, 키스! 큰일 났어!! 아지트 두 곳에 수상한 놈들이 침입한 모양이야!!"

"!!"

남자들이 술렁거렸다.

"서… 설마 비밀경찰…?!"

"어떻게…? 정보가 샜나…?!"

키스가 혀를 찼다.

"크리스 녀석이 아침부터 안 보여서 혹시나 했더니…."

"이동하길 잘했네."

"다들 허둥대지 마! 계획은 패턴 B로 변경해서… 응?"

동료들을 **고무시키던** 키스가 이변을 알아챘다.

"야, 그 꼬마는 어딨어?!"

"어? 어라?!"

아냐는 이미 그곳에 없었다.

남자들이 전화에 정신이 팔린 틈에 하얀 개가 아냐의 코트에 달린 후드를 문 채 방 밖으로 뛰쳐나간 것이다.

"아바바바바."

계단을 엄청난 속도로 내려가 층계참에 도착한 하얀 개는 물고 있던 아냐를 자신의 등에 던져서 태웠다.

"멍멍이는 아냐 편…?"

등에 매달린 채 아냐가 말을 걸자 하얀 개는 "멈." 하고 짖었다.

"그보다 아까 전화 온다는 거 알았니…?"

아냐는 혹시나 하고 물었다.

"너, 미래 알아…?"

폭신폭신한 하얀 털 위에 올라탄 채, 아냐는 생각했다.

'아냐와 같은 초능력자…?'

그 후, 길가로 나온 참에 보호 센터를 가리키며 소리쳤다.

"헉?! 멍멍아 저 건물로 들어가! 어머니한테 도움받자!"

하지만 하얀 개는 말을 못 알아들었는지, 엉뚱한 방향으로 달려가고 말았다.

"아니 그쪽 말고! 돌아가! 아아아~~~~!"

아냐는 점점 요르에게서 멀어졌다.

하지만 창문 너머에서 그 모습을 요르가 발견했다.

"아냐?! ON THE 개?!"

그보다
아까 전화
온다는 거
알았니…?
너,
미래
알아…?

SPY×FAMILY

제4화 미래의 일을 알 수 있다면

키스는 아냐를 태운 채 달려가는 하얀 개를 건물 창문으로 내려다보고 있었다.

"크. 뭣들 하고 있었어, 멍청이들!!"

속수무책으로 놓쳐 화가 난 키스에게 니트 모자를 쓴 남자가 말했다.

"지금 그게 문제가 아니잖아. 어서 계획이나 실행하자."

하지만 키스는 용납하지 않았다.

"멍청아! 우리 얼굴을 다 봤다고! 커트, 따라와!! 개도 한 마리 데려오고!!"

"쫓아가려고…?!"

"벽의 지도를 떼! 이 아지트도 버린다! 너희는 먼저 지정된 포인트로 흩어져!"

"알았어…."

아무래도 진심으로 아이를 쫓으려는 키스의 지시를, 남자들은 당황하면서도 따랐다.

"멍멍이! 멈춰! 내려 줘!"

하얀 개는 아냐를 태운 채 거리를 달렸다.

개에게서 내려올 수가 없는 아냐는 주위에 도움을 구했다.

"누가 도와줘~! 아냐 악당한테 잡혀가~!"

하지만….

"뭐 하는 거지? 귀여워라~"

"술래잡기라도 하나?"

놀고 있는 것처럼 보였는지 거리의 사람들은 흐뭇한 얼굴로 바라볼 뿐이었다.

하얀 개는 몹시 빠른 속도로 달려서 아냐는 떨어지지 않으려고 필사적으로 매달려 있었다.

'멍멍이 달리기 빨라…!'

눈에 비치는 거리의 풍경이 휙휙 흘러간다….

'너무 빨라서….'

새로운 세계에 뛰어들 듯 휘우웅 바람을 가른다.

'두근두근!'

아냐는 눈을 반짝반짝 빛냈다.

"좋아, 멍멍아. 이대로 도망쳐서 경찰 아저씨한테 가자!"

"?"

하얀 개는 전혀 못 알아들은 것 같았지만 아냐는 둘째손가락을 하늘로 치켜들고서 큰 소리로 선언했다.

"아냐와 멍멍이 둘이 사건을 해결해서 문제 끝!"

목표는 당연히 '스텔라'다!

"그리고 또 스타라이트 아냐 될 거야!!"

"멈!"

아냐를 태운 하얀 개는 다다다… 계속해서 거리를 달렸다.

그리고 경쾌하게 왼쪽으로 돌고, 돌고, 돌아, 한 바퀴를 돌아서….

셰퍼드를 끌고 온 테러리스트 키스, 커트와….

……
학
학
……
학
학
수고를 덜었군.
…??
딩—
멍멍이 방향치!
원점으로 돌아왔다—!!

딱 마주쳤다!

"……."

"……."

아냐와 키스 일행은 서로 어이가 없었다.

"수고를 덜었군."

키스가 중얼거리자 아냐는 쿠웅~ 하고 충격을 받아 소리쳤다.

"**원점으로 돌아왔다~!!** 멍멍이 방향치!"

아냐는 당황해서 하얀 개에게 방향을 돌리라고 했다.

"우로 돌아~!!"

하지만 셰퍼드가 앞길을 가로막고 키스가 하얀 개의 목줄을 붙잡는 바람에 아냐는 개의 등에서 떨어지고 말았다.

"아!"

키스는 하얀 개를 아냐에게서 떼어 내고 커트에게 냉혹한 지시를 내렸다.

"어딜 도망가? 죽여, 얼른."

"어… 그래."

커트는 망설이면서도 아냐의 더플코트의 멱살 부분을 잡고는 나머지 한손을 아냐의 작은 머리로 뻗었다.

"나쁘게 생각 마라."

커트의 커다란 손이 아냐에게 다가왔다.

하지만….

그 커트의 등 뒤로 날카롭고도 격렬한 살기를 띤 그림자가 육박했다.

그것은 흉포한 몬스터, 혹은 소용돌이 같은 강대한 에너지 생물… 살인 청부업자의 눈빛을 머금은 요르였다. 거한인 커트의 머리보다 한참 높은 곳까지 도약해, 긴 다리를 번쩍 치켜든 자세로 공중에서 몸을 비틀고 있었다.

이변을 감지한 커트가 뒤를 돌아보기도 전에 커다란 충격음이 울렸다.

투콰콰쾅!!!

요르의 강렬한 발차기가 커트에게 작렬했다.

날아간 커트는 건물 벽과 지면에 몇 번이나 튕기며 쿠당탕~ 하고 멀리 떨어져 있는 벽에 처박혔다.

물론 요르는 아냐를 안전하게 받았다.

갑작스러운 습격에 키스와 하얀 개는 매우 당황했고, 세퍼드는 겁에 질려 마구 짖어 댔다.

"용서하지 않겠어요. 변태 유괴범 씨."

요르는 키스를 향해 말했다.

"아냐에게 결혼은 아직 이릅니다!!"

아냐를 감싼 채 척 하고 손날을 겨누며 "저도 올해 했다고요!"라는 말도 덧붙였다….

"……?! ?!!"

키스는 눈앞에 있는 여자가 무슨 소릴 하고 있는 건지 전혀 이해가 되지 않았다!

그래서 넋을 놓고 숨을 죽이고 있을 수밖에 없었는데….

"히잉~! 어머니~ 아냐 무서웠어~!!"

"그래, 그래, 이제 괜찮아요."

키스는 대화하는 두 사람을 보고 여자와 아이가 모녀(母女) 사이라는 걸 알아챘다.

'엄마라… 쯧… 둘 다 해치우는 수밖에…!!'

"야, 개, 저 여자의 목을 물어뜯어!!"

키스의 명령에 셰퍼드는 이를 드러내고 "크르르…." 하고 위

드콰콰
아냐에게 결혼은 아직 이릅니다!!
저도 올해 했다고요!!
……?!
?!!

쾅
멍멍
깨앵-!!
쿠
당
탕-
척
용서하지 않겠어요, 변태 유괴범 씨.

협하기 시작했다. 당장에라도 덤벼들 것 같은 거친 목소리와 자세였지만… 직후, 그 자리에 있던 자들은 더더욱 무시무시한 것을 보게 되었다.

번뜩!

핏발 선 눈과 이를 드러낸 요르가 악귀보다 무서운 얼굴로 셰퍼드를 위협한 것이다.

잔뜩 겁을 먹은 셰퍼드는 깨갱~ 꼬리를 말고 도망치고 말았다.

"어, 야?!"

셰퍼드는 키스의 말에도 멈추지 않고 떠나갔다.

요르의 얼굴을 보고 눈물이 그렁그렁해진 이가 한 명 더 있었다.

요르에게 안겨 있던 아냐다.

"어머니~~~~ 무서워~~~~(어머니가)."

"?! 이제 괜찮다니까요?!"

유괴됐던 충격으로 아직도 무서운가 보다, 라고 생각한 요르는 아냐를 달래 주었다.

그러던 중에 거리에 있던 사람들이 "뭐야, 싸움 났나?" 하고 모여들기 시작했다.

'제길, 이 이상은….'

키스는 포기하고 하얀 개의 목줄을 당겨 본래의 계획으로 돌아가려 했다.

"따라와, 덩치!!"

하지만 하얀 개는 그 자리에 버티고 서서 한 걸음도 움직이려 하지 않았다.

"이게… 마음대로 해!!"

개를 내팽개친 후, 키스는 떠나갔다.

"앗, 기다려요!!"

요르는 키스를 쫓으려 했지만 옆에 선 아냐를 보고 관두기로 했다.

'…아니, 이 이상 아냐를 혼자 둬서는 안 돼, 요르…!!'

남자들을 유괴범으로 알고 있는 요르는 이만하면 혼쭐이 났겠지, 생각하며 쓰러진 채 남겨진 커트를 꽁꽁 묶었다.

"일단 이분을 경찰에…."

아냐가 하얀 개를 걱정하며 말을 붙였다.

"멍멍아 괜찮아?"

"이 멍멍이는…?"

요르의 질문에 아냐는 지금까지 본 것과 들은 것을 요르에게 열심히 설명했다.

"네에?! 테러리스트와 폭탄 멍멍이?!"

요르는 당황해서 하얀 개를 확인했다.

'폭탄…?! 폭탄…은 없네요.'

"이 멍멍이 아냐 구해 줬어."

아냐가 그렇게 말하자 요르는 안심한 얼굴로 답했다.

"아… 아무튼 아냐가 무사해서 다행이에요! 걱정했다고요!"

"……."

순수하게 걱정해 주는 '어머니'를 보고….

"아냐 마음대로 밖에 나가서 잘못했습니다…."

아냐는 고개를 숙이고 눈물을 글썽거리며 반성하듯 어깨를 축 늘어뜨렸다.

그런 아냐의 모습에 요르도 가슴이 먹먹해져서.

"잘못했죠?" 끌어안으며 다정하게 말했다.

"집에 가면 잔뜩 꾸중할 거예요!"

그 후, 요르는 테러리스트들의 겉모습 특징이나 대화 내용을 아냐에게 자세하게 물어서 공중전화로 경찰에 신고했다.

"…그런 일이 있었어요. 네, 한 사람은 여기 기절해 있어요. …아뇨, 저는 지나가던 유부녀인데요!"

요르가 전화를 하는 동안, 아냐와 하얀 개는 바로 옆에 자리한 벤치에서 기다리고 있었다.

그때, 개의 귀가 움찔하더니 그 자리에 없는 무언가를 보는 듯한 눈빛이 되었다는 사실을 아냐가 알아챘다.

"…멍멍이…?"

'너 또 **미래** 보고 있어…?'

아냐의 머릿속으로 이미지가 흘러들었다. 이전에 봤던 것과 같은, 미소 짓고 있는 로이드와 요르 사이에서 아냐가 두 손을 든 채 무언가를 향해 웃고 있는 광경이었다.

하지만 잠시 후, 로이드의 모습만 사라지고 아냐와 요르가 슬퍼하는 모습으로 바뀌어서….

"?!" 아냐는 화들짝 놀랐다.

'아버지 없어졌어…?!'

심지어 이미지는 거기서 끝이 아니었다.

종이 울리는 시계탑 근처에서 콰앙, 폭발이 일어나 아냐는 무너진 건물의 잔해 속에 멍하니 서 있었다. 눈앞에는 놀랍게도 잔해에 파묻혀 머리에서 피를 흘리며 꼼짝도 않는 로이드의 모습이 있었다.

'……!! 아버지……?!'

이미지는 TV 뉴스 방송으로 넘어갔고….

[웨스탈리스는 이번 과격파에 의한 장관 암살 사건으로 오스타니아 정부를 강하게 비난하는 한편, 동서간의 군사 충돌은 피할 수 없을 것이라고….] 아나운서가 그런 원고를 읽는 부분에서 끊어졌다.

'……?! 방금 그건 미래에 일어날 일…?!'

아냐는 얼굴이 새파랗게 질려서 하얀 개의 몸을 덜컥덜컥 흔들었다.

'미래 큰일 났어!! 아버지 죽고 평화가 종료!!'

"아냐, 멍멍이를 괴롭히면 못 써요!"

개를 괴롭히고 있다고 생각한 요르는 아냐에게 주의를 주고서 다시 경찰과 통화를 했다.

아냐는 머리를 굴렸다.

'아버지 폭발해서 죽어…? 어머니에게 알려서 도움을 받아…? 하지만 초능력에 대해 말 못 해…!'

어쩌면 아주 큰 위기가 다가오고 있을지도 모른다.

그걸 막을 수 있는 건 세계에서 아냐뿐일지도 모른다.

지지..
지...
?!
아버지 없어졌어 …?!
지지…
댕────
댕────
?
이건 어디…?

아냐는 하얀 개의 동그란 눈을 바라보며 물었다.

"…멍멍아 미래는 열심히 애쓰면 바꿀 수 있어…?"

요르를 흘끔 쳐다보니 아직도 통화 중이었다.

"…너 아직 달릴 수 있어?"

아냐가 소곤소곤 묻자 하얀 개가 대답하듯 "멈!" 하고 짖었다.

직후, 아냐는 쭈뼛거리며 요르에게 말했다.

"…어머니 미안해. 아냐 생각났어…."

고개를 숙여 사과하고는….

"아버지 화장실 갈 때 휴지 안 가져갔어!"

그렇게 큰 소리로 외치더니….

"네?!"

"지금쯤 난처할 테니까 휴지 가져다줄게!!"

하얀 개의 등에 타고 달려 나갔다.

"잠깐만, 아냐?! 재가 또…!!"

놀란 요르는 서둘러 통화를 끊었다.

"아, 죄송합니다, 그러니까 어서 와서 범인을 체포해 주세요!!"

요르는 아냐와 하얀 개가 달려간 길을 두두두두, 엄청난 기세로 쫓아갔다.

"아냐!"

◇◆◇

그 즈음 〈WISE〉에서는….

"관리관님! 중앙역 부근 골목에서 테러리스트를 목격했다는 신고가 접수됐습니다! 인상착의 증언도 그 대학생들과 대부분 일치합니다!"

"!"

요르가 오스타니아 경찰에 신고한 정보는 그 즉시 〈WISE〉가 포착해서 관리관에게 전달했다.

"움직이기 시작했나! 해당 지역 예측 진로에 팀을 배치! 해당 번호의 흰색 왜건을 찾아라! 폭약을 실었을지도 모르니 신중하게 접근하도록!"

관리관은 각 지역에 있는 에이전트들에게 잽싸게 지시를 내렸다.

◇◆◇

"……어떻…게…."

왜건 차량에 탄 테러리스트 학생들은 얼굴이 새파랗게 질렸다.

계획 실행을 위해 움직이던 중, 두 대의 검은 차량이 길을 막더니 안에서 나온 남자들이 총을 겨눴기 때문이다.

학생들은 눈 깜짝할 새에 눈가리개를 쓴 채 붙잡혀, 근처 건물 안에서 〈WISE〉의 심문을 받았다.

"알파팀 대상 확보. 멤버 4명과 개 3마리. 폭약으로 보이는 케이스도 확인했다."

[여기는 브라보. 역시 멤버 3명 확보….]

[주범인 키스 케플러는 없습니다. 주변 수색을….]

〈WISE〉의 에이전트들은 무전기로 연락을 주고받으며 테러리스트들을 궁지로 몰았다.

'당했다…!! 저건 비밀경찰인가…?! 아니면 웨스탈리스 놈들…?!'

이변을 감지하고 숨어서 상황을 살피던 키스는 얼굴을 찌푸렸다.

'젠장, 어떻게 하지?! 회담 시작까지 앞으로 두 시간! 폭약을 숨긴 곳은 한 군데 더 있지만….'

키스는 씁쓸한 표정으로 이를 갈았다.

'하는 수밖에 없어! 나 혼자서라도…!!'

"말해!! 폭파 지점과 키스가 있는 곳은 어디냐?!"

붙잡힌 학생들에 대한 심문은 계속되었다.

하지만 그들은 입이 무거워서, 웨스탈리스를 조롱하는 말만 늘어놓을 뿐이었다.

"내 대답은 '엿이나 먹어'다. 똥통 바닥이라도 긁어 보시지, 돼지 새끼들."

"서쪽 돼지들에게 철퇴를!!"

"철퇴를!!"

학생들이 입을 모아 편향된 주장을 외치기 시작한 순간, 관리관과 로이드가 합류했다.

"다들 개처럼 짖어 대는군, 귀에 거슬려."

관리관은 방에 들어오자마자 싸늘하게 말하더니 눈가리개를 씌우고 두 손을 뒤로 돌린 채 묶어 벽 앞에 앉혀 둔 학생들

앞으로 또각또각 걸어갔다.

"이봐, 학생 제군. 너희가 원하는 건 뭐지?"

"…전쟁이다!! 서쪽 놈들을 쓸어 버리고 오스타니아의 패권을…."

학생 중 한 명이 답하기 시작하자 관리관은 "흠."이라고 말하며 하이힐을 신은 발로 그 학생의 얼굴을 짓밟았다.

"크어억!!"

구두창으로 코를 뭉개고 힘을 주어 비비자 "크어아우욱!" 학생이 비통한 비명을 질렀다.

"너희, 사람을 죽여 본 적 있나?"

"……."

"누군가에게 죽어 본 적은?"

눈가리개를 해서 아무것도 보이지 않는 학생들은 바로 옆에서 들리는 동료의 비명에 동요하면서도 목소리를 높여 반발했다.

"있을 리가 없잖아, 멍청아!!"

"포격으로 팔다리가 날아간 적은?"

"뭐?"

"뼈가 으스러지는 소리를 들은 적은?"

관리관은 총에 탄창을 넣으며 담담하게 물었다.

"살이 짓무르는 냄새를 맡은 적은?"

"뭐라는 거야, 이 할망구가!"

"눈앞에서 부모형제가 무너지는 집에 깔리는 모습을 본 적은? 연인의 살점이 온 벽에 들러붙은 걸 본 적은?"

한 점의 감정도 실리지 않은 얼굴로 이야기하는 관리관을, 로이드가 곁에서 흘끔 쳐다보았다.

"굶주린 끝에 나무껍질까지 벗겨 먹어 본 적은? 사람 고기를 솥에 삶아 본 적은?"

관리관은 물 흐르는 동작으로 총의 슬라이드를 당겼다.

"적의 인간성을 부정하고, 죽고 죽이고, 그럼에도 귀환 후에 마음이 병들어, 후회와 치욕으로 눈물지으며 구역질을 하다가, 스스로 목숨을 끊은 자를 가까이서 본 적은?"

말을 통해 전해지는 잔혹한 광경들에 학생들은 할 말을 잃었다.

관리관은 눈가리개를 한 학생의 미간에 총을 들이댔다.

꾸욱….

"헉."

그러고서 얼어붙을 듯 싸늘한 눈빛으로 학생들을 내려다보며 말했다.

"대학에서는 '전쟁'을 안 배우는 모양이지, 도련님들?"

◇◆◇

시시각각 회담 시간이 가까워졌다.

"알겠지? 장관의 냄새를 확인하면 절대 놓치지 마라."

키스는 한 차량 안에서 폭탄 달린 벨트를 셰퍼드에게 장착해 준비를 마쳤다.

"부탁한다, 개."

"멍."

동료들이 붙잡혔으니 패턴 B의 잠복 포인트도 드러났을 가능성이 있다. 키스는 운전석에서 지도를 펼쳤다.

'그러면 시계탑 광장 부근은 경계가 삼엄해져서 안 되겠군…. …아니, 오히려 방해하러 오는 놈들을 함정에 빠뜨려 없애 버리자!'

계획이 무너지기 시작하자 키스의 생각은 더더욱 과격해졌다.

'두고 봐라, 돼지 새끼들. 모조리 다 날려 주마!!'

알겠지?
장관의 냄새를
확인하면
절대 놓치지 마라.
찰칵
부탁한다,
개!
멍이!

◇◆◇

관리관은 의심되는 각 포인트에 에이전트를 배치했다.

로이드에게는 “〈황혼〉 자네는 가장 확률이 높은 B1 주변을 맡아라.”라고 지시하고는 “반드시 저지해.”라고 말을 덧붙였다.

로이드는 모자를 고쳐 쓰며 답했다.

“알고 있습니다, 관리관님. 저도 같은 심정이니까요.”

그러고서 조용히, 하지만 또렷하게 중얼거렸다.

“전쟁은 이제 지긋지긋합니다.”

그 후, 로이드는 몇몇 에이전트들과 함께 차에 올라타 액셀을 콱 밟았다.

제5화 그 폭탄을 찾아내라

"찾았다!!"

아냐는 하얀 개를 타고 거리를 질주했다.

"저 **뾰족 시계** 있는 곳!! 멍멍아 저기!"

목표지는 하얀 개의 마음속 이미지에 나왔던 시계탑이다.

대로 끝에서 시계탑을 발견한 아냐는 필사적으로 소리쳤다.

"저기서 아버지가 죽어!! 막아야 해!!"

그 즈음, TV 뉴스에서는 도시의 상황이 중계되고 있었다.

[이곳 중앙 베를린트에서는 각료급 회의에 따른 교통 통제가 실시되고 있으며, 취재진도 출입이 제한되는 등, 삼엄한 경

계 태세가….]

아냐를 태운 하얀 개가 엄청난 기세로 모퉁이를 돌자, 바로 시계탑 근처였다.

일대는 광장이라 사람들도 많이 지나다녔다.

'시계 있는 곳 왔어…!'

하얀 개에서 내린 아냐는 로이드를 찾고자 주변을 두리번거렸다….

'아버지 죽는 곳 어디지…?!'

그러다가 혀를 내밀고 헥헥거리고 있는 하얀 개에게 "멍멍아 아까 그 영상 다시 보여 줘!"라고 부탁했다.

하지만 하얀 개는 말을 알아듣지 못했고….

아냐는 '아까 그 영상'을 열심히 다시 떠올려 보았다.

'폭발할 때 분명 시계가 댕댕 울렸어.'

그 후, 그때 시계 바늘이 어디를 가리키고 있었는지도 떠올려낸 아냐는 실제 시계탑을 올려다보며 생각했다.

'즉, 남은 시간은….'

하지만 거기서 어떠한 결론에 도달했다.

'아냐 시계 볼 줄 몰라…!!'

처억!!
시계 있는 곳 왔어…!!
헉헉
아버지 죽는 곳 어디지…?!
아버지 아직 없나?
헉헉
멍멍아, 아까 그 영상 다시 보여 줘!
?
흔들 흔들
폭발할 때 분명히 시계가 댕댕 울렸어.
댕 댕
분명 이 시각에

아냐는 자신이 시계를 못 본다는 사실을 잊고 있었다!

짧은 바늘과 긴 바늘, 그 둘이 무엇을 가리키는지 잘 몰랐던 것이다.

그래서 근처 벤치에 앉아 있던 할아버지에게 물어보았다.

"죄송하지만 저 시계가 댕~ 울릴 때까지 몇 분 남았어요?"

"응? 시계 종 말이냐? 매시 정각에 울리니까 다음에 울리려면 30분 정도 남았구나."

"감삼다."

아냐는 할아버지에게 감사 인사를 한 후, 허둥대기 시작했다.

'30분…! 서둘러야 해…!! 30분은 몇 분이지?'

그때.

하얀 개가 뭔가 냄새를 맡더니 아냐를 건물 뒤로 밀고 갔다.

"앗! 왜 그래 멍멍아?!"

놀란 아냐가 주변을 둘러보니….

멀리 떨어진 차 옆에 서 있는 키스의 모습이 보였다.

'!! 악당 보스다…!!'

키스가 차 문을 열자 셰퍼드가 뛰쳐나왔다.

"야, 차에서 나오지 마!!"

키스가 제지해도 셰퍼드는 킁킁, 주변의 냄새를 맡기 시작했다.

"왜 이래?!"

그러더니 셰퍼드는 아냐 일행이 있는 곳을 확 쳐다보았다.

아냐는 깜짝 놀랐지만….

'들켰나…?!'

"……."

"……."

아냐와 하얀 개는 숨을 죽였고, 셰퍼드는 가만히 상황을 살폈다.

아냐의 가슴이 긴장감으로 터지는 게 아닐까 싶던 순간, 키스가 셰퍼드에게 채운 목줄을 잡아당겼다.

"얼른 들어가, 똥개! 급하단 말이야!!"

셰퍼드는 확실히 아냐 일행이 있는 걸 알아챈 듯했지만 어째서인지 시선을 스윽 돌리고는 차에 올라탔다.

아냐는 안도하며 가슴을 쓸어내렸다.

하지만 그때 키스의 마음의 목소리가 들려왔다….

'얼른 여기서 떠나지 않으면 놈들한테 들킨다…!! 제발 제대

로 작동해라, 내 즉석 트랩!'

동시에 어딘가의 문에 설치된 폭탄의 이미지도 흘러들어서 아냐는 깜짝 놀랐다.

'!! 폭발하는 거 저녀석 짓이야…?!'

로이드가 휘말려들 폭발은 분명 그 폭탄 때문에 일어나는 걸 거다.

차 안에서 키스는 의기양양한 미소를 짓고 있었다.

'어디 멋모르고 날 따라와 봐라, 멍청이들! 아지트에 들어서는 순간 '쾅'이니까!'

마음의 목소리와 함께 이미지가 전해져 왔는데, 그 아지트가 시계탑 근처의 낡은 건물이라는 사실을 알아챈 아냐는 얼굴이 새파래졌다. 건물 주변에는 어린 아이와 노인들도 있었기 때문이다.

'폭발로 다소 희생이 발생할지도 모르지만 대의를 위해서는 어쩔 수 없지. 뭐, 조국을 위해 죽을 수 있다면 너희도 행복할 거다.'

"……!"

아냐는 할 말을 잃은 채 떠나가는 키스의 차를 지켜보았다.

'큰일 났다! 폭탄을 어떻게 해야 해! 어, 시계 바늘이 6에서

7이 됐으니까 남은 시간은 7분?? 어… 음…? 암튼 서두르자!!'

지금이 몇 시이고 남은 시간은 몇 분인지 전혀 모르는 채로 아냐는 일단 건물로 뛰어들어 키스가 '아지트'라 불렀던 방을 찾았다.

계단을 올라가자 하얀 개가 코를 움찔거렸다.

그 사실을 알아챈 아냐는 복도 끝에 자리한 문을 향해 살금살금 다가갔다.

'…여기?'

문 주변에는 빈 술병이 나뒹굴고 있었다.

아냐가 문손잡이로 살며시 손을 뻗자….

하얀 개가 무언가를 알리듯이 큰 소리로 "멈!" 하고 짖어서 아냐를 깜짝 놀라게 했다.

"맞아, 문 열면 쾅~이랬지!"

하마터면 키스의 '즉석 트랩'에 걸릴 뻔했다.

아냐는 손을 움츠리며 주변을 두리번거려서….

방과 연결된 복도 쪽 작은 창문을 찾아냈다.

'저 쬐그만 창문으로 들어갈 수 있겠다.'

작은 몸을 창문에 욱여넣어 "끙차, 끙차." 필사적으로 들어가자, 이미지에서 본 것처럼 문 안쪽에 폭탄이 설치되어 있는 게 보였다.

'폭탄…!!'

가늘고 긴 폭탄 몇 개를 뭉친 것이 접착테이프로 벽에 붙어 있고, 거기서 몇 가닥의 전선이 문 쪽으로 뻗어 있었다.

'이걸 해체하면 아버지 살아!!'

아냐는 의욕 넘치는 얼굴로 폭탄을 쳐다보았다.

스파이 애니메이션에서 본 장면처럼 가지고 있던 장갑을 끼어, 지문이 남지 않도록 폭탄 해체를 시도하려 했다. 속으로 '근데 지문이 뭐지?'라고 생각하며….

"……."

한동안 가만히 폭탄을 쳐다보던 아냐는 생각했다.

'폭탄 해체 어떻게 하지…?'

아냐는 여러 각도에서 폭탄을 들여다보며 생각했다.

애니메이션에서는 빨간 선이나 파란 선 중 하나를 자르면 폭탄이 멈췄다.

하지만 눈앞에 있는 것은….

'전부 다 까만 선…!!'

아냐는 충격에 눈을 동그랗게 뜨고 턱이 빠질 듯이 입을 쩍 벌리고 있었다.

애초에 선을 자를 가위도 없다는 사실을 알아채고는 두 팔을 허우적거렸다.

'여기 아버지가 왔을 때 들어가면 안 된다고 할까? 하지만 그럼 이것저것 다 들켜서 아냐 버려질지도 몰라.'

아냐는 식은땀을 뻘뻘 흘리며 폭탄을 쳐다보았다.

'하지만 아버지 죽으면 아냐도 평화도 대위기!'

그때, 패스트푸드 쓰레기며 빈 캔, 토마토케첩이 널려 있는 테이블이 시야 끄트머리에 보였고….

한편, 로이드는 콧수염 에이전트, 플랫캡 에이전트와 함께 목적지에 도착했다.

"저기가 포인트 B1인가. 당장 무너질 것 같은 건물이군."

차에서 내린 콧수염 에이전트가 중얼거렸다.

"서둘러, 시간이 없다."

건물은 낡은 데다 내부는 어두웠다. 로이드 일행은 총을 들고 침입해, 포인트 B1이라고 전달받은 2층의 북쪽 끄트머리 방으로 향했다.

하지만 도착한 곳에서 그들이 본 것은….

"?!"

문에 낙서처럼 그려진 빨간 글씨와 그림 같은 것이었다.

"…저게 뭐지? 피로 쓴 글자…?"

"아니, 케첩 같은데…? 이 냄새는."

로이드가 코를 씰룩거리며 말하자 콧수염 에이전트가 고개를 갸웃했다.

"손잡이 옆에 가지…? 하고 풀…? 새로운 암호인가…?"

거기에는 'NO'라고 쓴 것으로 보이는 글자와 검은 덩어리, 삐죽삐죽한 것이 그려져 있었다. 검은 덩어리에서는 손잡이를 가리키는 화살표도 뻗어 나와 있었다.

"인기척은 안 느껴지지만 신중하게 갑시다."

로이드는 경계했지만 옆에 있던 콧수염 에이전트는 서두르려 했다.

"아니, 그렇게 여유 부릴 시간은 없어! 이제 곧 장관이 나올 시간이다!"

콧수염 에이전트는 문에 적힌 것이 평범한 낙서라고 판단하

쿵
…저게 뭐지?
피로 쓴 글자…?
콩콩
손잡이 옆에 가지…?
하고 풀…?
새로운 암호인가…?
아니, 케첩 같은데…?
이 냄새는
탁
인기척은 안 느껴지지만 신중하게 갑시다.
아니, 그렇게 여유부릴 시간이 없어! 이제 곧 장관이 나올 시간이다!
그냥 낙서겠지
대학생 애송이한테 뒤처질 수는 없네!

고 손잡이로 손을 뻗었다.

"대학생 애송이한테 뒤처질 수는 없네!"

아냐는 하얀 개와 함께 로이드 일행이 들어간 건물 밖에서 마음을 졸이며 상황을 살피고 있었다. 만약 하얀 개가 보았던 미래의 이미지와 같은 일이 일어난다면 로이드가 폭발에 휘말려들 거다.

'…아버지 아냐의 다잉 메시지 알아차렸을까…?'

그 케첩 메시지를 알아챘을까 싶어서 아냐는 마음이 조마조마했다. 빵에는 케첩이 묻어 있었다.

'멀어서 마음을 못 읽겠어. 아버지 괜찮아…?'

그때….

댕~ 댕~ 댕~

시계탑의 종이 울렸다.

깜짝 놀라 펄쩍 뛴 후, 아냐가 시계탑을 올려다보니 시계의 긴 바늘이 12, 짧은 바늘이 5를 가리키고 있었다.

'미래에서 본 시간…!! 아마도.'

폭발이 일어난다면 지금 이 순간일 거다.

'폭발….'

아냐는 숨을 죽였다.

'……안 했어!!!'

눈앞에 있는 시계탑에서도, 낡은 건물에서도 아무런 이변이 일어나지 않은 듯했다.

'성공인가…?!'

아냐가 조마조마해하고 있자, 하얀 개의 귀가 움찔했다.

하얀 개가 보고 있는 미래의 이미지가 또다시 아냐의 머릿속으로 흘러들었는데….

로이드의 모습이 사라진 이미지에서 미소 짓고 있는 로이드와 요르의 사이에서 아냐가 두 손을 들고 웃고 있는 원래의 이미지로 돌아왔다.

"……!! 아버지 돌아왔다!"

아냐가 웃자 케첩이 묻어 있던 아냐의 뺨을 하얀 개가 날름 핥았다.

'우리가 미래를 구한 거야…?!'

아냐가 마른침을 삼키고 있던 그때, 로이드 일행이 무엇을 했는가 하면….

시계탑에서 5시를 알리는 종소리가 울리기 직전.

로이드는 문을 열려고 했던 콧수염 에이전트의 손에 살며시 자신의 손을 가져다 대어 그 행동을 저지했다.

"예감이 안 좋습니다. 무슨 메시지일지도 모르니 방심은 금물입니다."

문에 적힌 메시지의 의미는 알 수 없었지만 로이드는 경계했다.

바닥에 흩어져 있던 유리 파편을 복도에 난 작은 창문으로 집어넣어 내부의 상황을 반사시켜 보니… 폭탄이 설치되어 있는 것이 보였다.

"역시…! 트랩이야…! 문을 열면 기폭하는 모양이군!"

로이드의 말에 콧수염 에이전트가 식은땀을 흘렸다.

"…그럼 이건 가지가 아니라 폭탄이었던 건가…! 위험했군."

그제야 메시지의 의미를 알게 된 에이전트들은 자신들이 이곳에 올 것을 테러리스트들이 예상했다는 것과, 누군가가 폭탄의 존재를 알려 주었다는 사실을 토대로 생각에 잠겼다.

"근데 이 경고는 누가…."

콧수염 에이전트가 중얼거리자 창밖을 보고 있던 로이드가 입을 열었다.

"그걸 알아볼 시간은 없을 듯합니다. 보안국 놈들이 냄새를 맡았어요. 폭탄 처리는 저들에게 맡기고 우리는 여길 떠나죠. 경고문만 남기고…."

로이드 일행은 자신들이 타고 온 차로 돌아갔다.

"결국 키스는 못 찾았군. 보안국의 감시하에서는 수색도 어려운데."

플랫캡 에이전트가 중얼거리자 로이드는 냉정하게 다음 행동을 제안했다.

"장관에게 가 봅시다. 계획이 틀어져 앞뒤 안 가리고 강행하려 들지도 모르니."

◇

브란츠 장관은 웨스탈리스측이 관리하는 재외공관에서 대기하고 있었다.

"브란츠 장관님, 시간이 되어 가니 영빈관으로 가시죠. 상대

외무성 직원이 마중을 나왔습니다."

"흥!"

강렬한 눈빛으로 창밖을 내려다보고 있던 브란츠는 입구에 검은 차량과 검은 옷차림을 한 남자들이 늘어서 있는 것을 보고 말했다.

"어딜 가나 정부의 눈이 따라다니는 나라군."

"테러 위험이 있기 때문이겠죠."

"〈WISE〉는 아직도 테러 조직을 섬멸 못 했나!"

자신을 노린 테러 계획이 있다는 사실을 안 브란츠는 리더를 아직 체포하지 못했다는 사실에 짜증이 나 있었다.

"쓸모없는 놈들!"

그때, 문을 노크하고 들어온 인물이 있었다.

"실례합니다. 정보국에서 나왔습니다."

◇

입구에서 나온 장관에게 오스타니아 외무성 직원 자격으로 이곳에 온 **유리 브라이어**가 말을 걸었다. 유리는 요르의 동생으로, 누나에게 밝히지 않았지만 '비밀경찰'이라 불리기도 하는 조직, 국가보안국의 멤버이기도 했다.

"장관님, 그럼 저희 차량이 선도하겠습니다."

"…음."

장관은 죽 늘어선 검은 차량으로 시선을 옮겼다. 장관을 태운 차는 유리를 비롯한 외교관이 이끄는 여러 대의 차량을 따라 영빈관으로 향할 예정이었다.

"장관님, 타시죠."

운전수가 뒷좌석의 문을 열며 장관을 맞이했다.

하지만 장관은 갑자기 "아니." 하고 거절하더니 직접 운전석에 올라탔다.

"나 혼자 운전해서 가지. 자네는 돌아가도 좋네."

"네?! 저…."

운전수 말고도 장관을 따라갈 예정이었던 경호원들도 화들짝 놀란 가운데….

장관이 운전하는 차는 그대로 엄청난 속도로 달리기 시작했다.

"장관님?!"

경호원들은 그 자리에 굳은 채 지켜볼 수밖에 없었다.

하지만 그런 장관의 차를 멀리서 쫓는 차가 한 대 있었다.

조수석에 셰퍼드를 태운 키스가 모는 차였다.

장관은 후방에 주의를 기울이며 생각했다.

'…눈에 보이는 범위에는 없군. 예상대로 개의 후각을 이용해 쫓고 있는 모양이야.'

그 즈음, 재외공관에서는 요란한 고함이 울렸다.

"이게 어떻게 된 일인가, 실비아 군!"

고함을 친 사람은 팬티 차림으로 전화를 건 브란츠 장관.

통화 상대이자 실비아라 불린 자는 〈WISE〉의 관리관이었다.

"자네 부하가 찾아오는가 했더니 바로 강도짓하듯 털어 갔어!! 이런 무례한 놈이 있나!!"

그렇다, 이 브란츠가 진짜 브란츠였다.

브란츠는 출발 직전에 찾아와 '옷 좀 빌리겠습니다'라고 한 '정보국에서 나온 자'에게 걸치고 있던 것들을 털렸다고 호소했다.

"죄송합니다, 장관님. 한시가 급한 일이라서요."

관리관은 차분하고도 정중한 투로 설명했다.

"개를 교란시키려면 장관님의 냄새가 필요했을 겁니다. 지금 적은 가짜 장관님을 따라 수 킬로미터 밖으로 떨어졌으니.

자네 부하가 찾아오는가 했더니 바로 강도짓 하듯 털어 갔어!
옷 좀 빌리겠습니다.
뭐?!
이런 무례한 놈이 있나!!
죄송합니다, 장관님. 워낙 한시가 급해서요.
부우웅
개를 교란시키려면 장관님의 냄새가 필요했을 겁니다. 지금 적은 가짜 장관을 따라 수 킬로미터 밖으로 떨어졌으니,
이 틈에 출발하십시오.
우리나라의 위엄을 위해 복장은 다시 갖추시고요

이 틈에 출발하십시오. 우리나라의 위엄을 위해 복장은 다시 갖추시고요."

현재 직접 차를 운전하고 있는 장관은… 브란츠의 옷을 입고 변장한 로이드였다.

어느 교차점에 접어든 로이드는 갑자기 핸들을 우측으로 꺾었다.

'루트를 변경했다…?'

후방에서 장관의 차를 쫓던 키스도 핸들을 꺾어 따라붙었다.

그 후에도 로이드는 몇 번이나 커브를 돌아….

"또…? 이봐, 대체 아까부터 왜 이렇게 빙글빙글…."

키스를 당황시켰다.

추적자를 뿌리치기 위한 운전으로 보였지만 로이드의 목적은 그게 아니었다.

콧수염 에이전트가 무선으로 연락을 했다.

"…확인했다. 회색 승용차. 번호는 ×××. 현재 보이는 개는 한 마리다."

그것은 갑자기 진로 변경을 해도 따라오는 차를 색출해 내기 위한 것이었다.

"몰아넣지. 블루 4로 유도해."

콧수염 에이전트가 말하자 로이드는 지시대로 운전했다.

'뭐지? 호텔로 돌아가나…? 아니, 강 쪽으로 가는 모양이군. 인적이 드문 곳으로….'

장관의 차를 쫓던 키스는 씨익 웃으며 속으로 '잘됐어!!'라고 생각하면서 액셀을 밟았다.

그 순간.

끼기긱, 타이어가 미끄러지는 요란한 소리와 함께 키스가 탄 차량 바로 옆에 한 대의 자동차가 따라붙었다.

차량의 조수석에 탑승한 콧수염 에이전트가 운전석에 앉은 키스에게 총구를 겨누고 있었다.

콧수염 에이전트는 투슉, 투슉, 소음기가 달린 총으로 소리 없이 탄환을 쏘았다.

유리가 깨지고 흩날려, 키스는 필사적으로 액셀을 밟았다.

'제길!!!'

궁지에 몰린 키스는 자신이 운전하는 차를 에이전트의 차에 억지로 박아, 창문으로 수류탄을 던졌다.

콧수염 에이전트는 당황해서 운전석에 탄 에이전트에게 소리쳤다.

"어어어어! 물러나, 물러나, 물러나!!!"

콰앙!!

콧수염 에이전트의 차는 수류탄을 피하지 못하고 폭발에 휘말려들었다.

뒤집힌 차량에서 기어 나온 콧수염 에이전트는 있는 힘을 쥐어짜내서 로이드에게 연락을 취했다.

"…당했다!! 저놈이 아직도 저런 무기를…. 조심하게, 그쪽으로 가고 있어!!"

"후욱, 후욱."

어찌어찌 총격을 피한 키스는 흥분과 초조함에 거친 숨을 몰아쉬었다.

계속해서 차를 몰고 가자, 저 앞에 장관의 차가 버려져 있는 것이 보였다.

'?! 어디 갔지?!'

주변을 둘러보니 저 멀리 달려가는 인물이 있었다.

'……! 저기구나!! 스스로 차에서 내리다니, 멍청한 놈!!'

습격하기 좋은 상황이 되어 키스는 의기양양한 미소를 지었다.

"GO!!"라고 소리치며 셰퍼드를 차 밖으로 내보내 장관을 쫓게 했다. 개의 몸에는 폭탄을 채워 두었다.

'개가 물어뜯는 순간 기폭시켜 주마!!'

키스는 기폭 스위치에 손을 댄 채 차 안에서 그 순간을 노리고 있었다.

장관은 등 뒤에서 다가오는 셰퍼드를 향해 총을 겨누었지만… 셰퍼드는 좌우로 몸을 날려 조준할 틈을 주지 않았다.

키스는 장관을 비웃었다.

'권총으로 맞힐 수 있을 것 같아?! 훈련된 개를 피할 수는 없을걸?!'

그러자 당장에라도 따라잡힐 것 같던 **장관**은….

슈파바박, 자동차와 건물 지붕을 타고 가볍게 벽을 넘어 건너편으로 사라졌다.

'뭐야?! 서쪽 장관 굉장해!! 환갑도 넘은 영감이!!'

예상치 못한 몸놀림에 키스는 눈이 휘둥그레졌다.

'제길, 놓치겠어…!!'

키스는 허둥지둥 차를 출발시켰다.

장관은 좁은 뒷골목을 달리며 셰퍼드를 공격할 기회를 노렸다.

그리고 좌우의 벽을 박차며 힘차게 덤벼드는 개에게 총을 겨누었다….

"…미안하다. 개들도 어리석은 인간들의 싸움에 말려드는 건 원치 않겠지."

조용히 말하며 얼굴에 붙였던 변장용 마스크를 왼손으로 찌지직 떼어 냈다.

브란츠 장관의 마스크 아래에서 날카로운 눈빛을 날리는 로이드의 얼굴이 나타났다.

"이제 끝내자."

투슉, 투슉.

드디어 로이드가 소음기 달린 총을 발사했다.

총탄은 셰퍼드의 옆구리를 스치며 채워져 있던 벨트를 뚫었다.

셰퍼드의 속도는 줄지 않아 로이드는 셰퍼드의 이빨을, 얼굴 앞으로 내민 왼팔로 받아 냈다.

콰득!

날카로운 이빨이 파고들었다.

"크!"

로이드는 이를 악 물고 벨트를 잡아 후방으로 던졌다.

그 순간, 뒷골목 입구에 키스가 탄 차량이 멈췄고….

셰퍼드가 로이드를 물고 있는 모습을 보자마자 망설임 없이 행동에 나섰다.

'죽일 수 있어!! 터져라, 돼지 새끼!!!'

키스가 기폭 스위치를 눌렀다.

째각 소리와 함께….

로이드가 개에게서 벗겨 내 던진 폭탄 벨트가 반응했다.

벨트가 강에 첨벙 빠진 직후….

콰아아아앙…. 엄청난 충격과 폭발음이 주변을 뒤흔들었다.

'…뭐… 뭐야?!'

뒷골목 건너편에서 거대한 물보라가 치솟는 광경을, 키스는 휘둥그레진 눈으로 바라보았다.

'폭탄을 강에…?! 저 장관이…?!'

그 후, 로이드는 왼팔을 물고 있는 셰퍼드에게 "잠시 실례." 라고 말하며….

쓰레기통 안에 개와 함께 팔을 쑤셔 넣어 떼어 내고는 뚜껑을 덮었다.

"이런 곳에 가둬 미안하지만 얌전히 있어라. 나중에 꺼내 줄 테니."

콰아아아앙
째깍
풍덩

눈앞에서 일어난 일을 믿을 수가 없어서 키스는 차 안에서 뒷골목 안을 응시했다.

"저런 영감이…."

폭발로 일어난 연기와 수증기 속에 남자의 실루엣이 떠올랐다.

"아니…."

그것은 브란츠 장관의 것이 아니라….

빈틈이라고는 하나도 없는, 날카로운 오라를 내뿜고 있었다.

'누구야, 저건…?!'

키스는 소스라치게 놀랐다.

"왜 딴 사람이…."

'…실패… 실패한 건가…?!'

"제길!"

이제 키스는 그 자리를 벗어날 수밖에 없었다.

하지만 달려가는 키스의 차를 보며 로이드가 중얼거렸다.

"번호가 파악된 그 눈에 띄는 차로 도망가기는 틀렸으니. **너희의 계획은 끝났다.**"

빈틈없는 로이드는 슈트 아래에 방검 섬유로 된 옷을 입고 있었다. 하지만 "그래도 아프기는 하군…."이라면서 셰퍼드에게 물린 팔을 문지를 수밖에 없었다.

“아냐?!”

아냐와 로이드가 각각 테러리스트와 싸우는 동안, 요르는 아냐를 찾아 거리를 달리고 있었다.

‘만에 하나 또 테러리스트에게 걸리기라도 하면 큰일인데. 얼른 따라가야지…!!’

그러던 중, 육교를 건너던 요르의 눈에 아래쪽 도로를 향해 달려오는 차량이 보였다.

“응? 저건…!!”

키스가 운전하는 차였다.

요르는 그 즉시 반응해 망설임 없이 육교에서 뛰어내렸다.

“이번엔 놓치지 않겠어요!! 감히 아냐를!”

느닷없이 사람이 차 앞으로 뛰어내리자 키스는 당황해서 소리쳤다.

“?! 비켜, 이….”

하지만 요르는 조금도 겁먹지 않고 달리는 차량의 옆부분에 무시무시한 돌려차기를 먹였다.

콰앙!

끼기기기…… 와장창!!

요르는 속이 다 후련하다는 표정으로 날아가는 차량을 노려보았다.

엄청난 충격으로 조종이 불가능해진 키스의 차는 조금 떨어진 곳에 있던 가로등에 부딪혀 멈췄다.

요르는 공중전화로 곧장 신고했다.

"아, 여보세요, 경찰인가요? 북부 공원 뒷골목에서 테러리스트 씨가 사고를 당하는 걸 목격해서요."

키스는 머리 위에 물음표를 띄운 채 운전석에 쓰러져 있었다.

"얼른 와서 체포해 주세요. 아뇨, 저는 아까 그 유부녀인데요. 그럼 이만…."

달칵.

수화기를 내려놓은 요르는 아냐를 찾기 위해 다시 달려 나갔다.

SPY×FAMILY

제6화 새로운 가족

"어쨌든 사건은 해결됐군."

포저 가족이 처음에 찾았던 '펫 숍'에 에이전트들이 모여 있었다.

"운도 지지리 없는 날이었어." 상처 치료를 마친 콧수염 에이전트가 그렇게 말했다.

관리관은 "하지만 다행히 큰 소란은 벌어지지 않고 끝났다." 라고 평가하더니 "이제 오스타니아 정부가 **없었던 일**로 만들어 주겠지."라고 말을 이었다.

가게 안에는 테러리스트들의 손에 넘어갔던 개들이 들어간

따
악
헉
헉
헉
헉
양도회에 간 줄 알았는데…
…둘 다 이런 데서 뭘 하는 거지…?
헉
헉
…아버지 화장실 걱정돼서 돌아왔어.
아냐가 걱정돼서 따라왔어요.
… 그런데.

케이지가 놓여 있었다.

"이 개들은 놈들에게 넘길 겁니까?"라는 질문에 관리관은 "그래 줄 의무는 없지."라고 답했다. 프로젝트 〈애플〉의 실험체일 가능성이 있으니 우선은 이 가게에 숨겨 두고 상부에 보고할 것이라는 모양이다.

"여러모로 조사할 필요가 있어 보이니까."

대충 이야기가 정리되자 로이드는 곧바로 그 자리를 뒤로 했다.

"그럼 나는 이만. 한시라도 빨리 가족에게 돌아가야 하니까요."

로이드가 '펫 숍'에서 나오자, 마침 같은 길거리의 반대쪽에서 요르가, 모퉁이 안쪽에서는 하얀 개를 탄 아냐가 다가와서 세 사람은 길가에서 딱 마주치게 되었다.

로이드가 물었다.

"…둘 다 이런 데서 뭘 하는 거지…?"

양도회에 간 줄 알았던 지라 놀란 것이다.

"…아버지 화장실 걱정돼서 돌아왔어." 아냐가 말했다.

"아냐가 걱정돼서 따라왔어요." 요르가 말했다.

그 후, 로이드는 또 하나의 질문을 던졌다.

"…그래서, 이 개는…?"

로이드가 시선을 보내자 하얀 개가 "멍!" 하고 짖었다.

"…그런 일이 있어서 강아지를 찾을 겨를이 없었어요."

요르는 오늘 지금까지 일어난 일들을 이야기할 수 있는 범위 안에서 로이드에게 전했다.

'설마 두 사람까지 휘말려들었을 줄이야….'

로이드는 가족이 예상치 못한 상황에 빠졌다는 사실을 알고는 뒤늦게 식은땀을 흘렸다.

"죄송합니다, 내가 화장실에 틀어박힌 사이에…."

"아뇨, 로이드 씨가 배가 아픈 건 제가 만든 아침밥 때문일 거예요. 저야말로 죄송해요…!!"

로이드와 요르는 서로에게 사과했다.

그러고 나니 로이드는 아냐가 걱정되어 혼을 냈다.

"하여간 너도! 혼자 마음대로 돌아다니지 말라고 그렇게나 말했는데!! 위험하잖아!"

"잘못했어요!!"

아냐는 "히잉~~~~" 하고 구슬 같은 눈물을 흘리며 로이드를 올려다보았다.

"…다치지는 않았니?"

로이드가 다시 묻자 아냐는 고개를 끄덕였다.

"멍멍이가 지켜 줘서…."

로이드는 아냐와 함께 있는 개를 쳐다보았다.

'…이 녀석도 프로젝트 〈애플〉의 실험체인가.'

그렇다면 자유롭게 풀어 둘 수는 없지, 라고 로이드는 생각했다.

조금 떨어진 곳에서 사태를 수습하기 위해 상황을 살피고 있는 관리관에게 눈짓을 한 후….

로이드는 하얀 개의 머리에 살며시 손을 얹으며 말했다.

"우리 딸을 구해 줘서 고맙다."

자신을 내려다보는 로이드의 눈을, 하얀 개도 얌전히 쳐다보았다.

그러던 중….

"실례."

검은 슈트를 입은 여자가 말을 걸어왔다. 마찬가지로 검은 슈트를 입은 남자와 함께였는데, 둘 다 검은 선글라스를 쓰고 있었다.

"보안국이다. 중앙에서 일어난 사건에 관해 수사 중이다. 잠시 이야기 좀 할까."

여자는 **〈SSS〉**의 신분증을 보여 줬다.

〈SSS〉는 오스타니아 국가보안국의 약칭으로, '비밀경찰'이라 불리기도 하는 조직이다.

하지만 이 신분증은 가짜였다. 왜냐하면 여자는 변장한 관리관이었기 때문이다.

관리관은 〈SSS〉인 척, 하얀 개의 처우에 관해 제안했다.

"…그렇군. 그럼 그 개도 분명 테러리스트들에게 훈련된 개겠군. 우리가 인수하도록 하지."

"잘 부탁합니다."

로이드는 말을 맞춰 맞장구를 쳤다.

"참고로 이 건은 동서의 정세를 감안하여 공표하지 않기로 했으니, 당신들도 입 밖에 내지 말도록. 협력에 감사한다."

"……."

아냐는 하얀 개를 물끄러미 쳐다보며, 그 마음속에 있던 미래의 이미지를 떠올렸다. 미소 짓고 있는 로이드와 요르 사이에서 아냐가 두 손을 든 채 웃고 있던 그 이미지를….

"이제 다 마무리 됐으니, 다시 멍멍이를 찾으러 갈까요."

요르의 말에 로이드도 고개를 끄덕였다.

"그러죠. 그럼 아냐…."

하지만 아냐는 로이드의 말을 가로막고 있는 힘껏 소리쳤다.

"싫어!!"

아냐는 하얀 개의 목을 끌어안고는 '아버지'와 '어머니'를 올려다보며 말했다.

"아냐 이 개가 좋아!"

로이드와 요르는 눈이 동그래졌다.

난감한 표정으로 로이드가 말했다.

"무슨 말을…."

"아냐 이 개 기를래!!"

"안 돼! 그 개는 나쁜 사람이…."

"아냐 구해 줬는걸!"

"하지만 넌 작은 개가 좋다고 했잖아."

"이 개가 좋아! 큰 개가 좋아!!"

"왜 이랬다 저랬다야!!"

말다툼은 갈수록 격해졌다.

그러다 결국 아냐가 비장의 카드를 꺼냈다.

"이 개 안 사 주면 아냐 비뚤어져서 학교 그만둘 거야!!"

"뭐…?!!"

로이드와 관리관이 나란히 동요했다.

"무슨 소리야?! 왜 여기서 학교 얘기가…."

매우 당황한 로이드 앞에서 아냐는 있는 힘껏 떼를 썼다.

"싫어~~~~"

"……."

그러자 한동안 가만히 있던 관리관이 의외의 답변을 했다.

"좋아, 알았다."

"관… 요원님…?!"

"그… 그래도 될까요…?"

로이드는 놀랐고 요르는 당황했다.

"뭐 한 마리 정도 행방불명돼도 문제될 건 없지. 주인은 이미 모두 체포됐고 개 자체는 해를 끼치지 않으니까."

"잠깐만요!"

냉큼 투정을 받아 주려는 관리관에게 로이드가 반박했다.

관리관과 로이드는 소곤소곤 작은 목소리로 말을 나누었다.

아냐
이 개가
좋아!
안 돼!
그 개는
나쁜
사람이….
아냐
구해 줬는걸!
무슨
말을….
아냐
이 개
기를래!!

"이 상태로는 오퍼레이션 〈올빼미〉가 위험하다. 어쩔 수 없어."

"그건 그렇지만…."

"자네가 책임지고 관찰하면서 엄중하게 관리해. 조사 연구는 다른 개들이 있으면 충분하니 문제없다."

"제 일을 여기서 더 늘리겠다고요…?!"

두 사람의 대화를 물끄러미 쳐다보던 아냐는 신경 쓰였던 것을 관리관에게 하나 더 물어보았다.

하얀 개와 함께 있었던 다른 개들에 관해서다.

"다른 멍멍이도 많이 있었는데 경찰이 막 괴롭히고 그럴 거야…?"

"안심해, 아가씨. 개들은 정중하게 대하마. 폭신한 잠자리와 따뜻한 밥도 줄 거야."

관리관은 몸을 웅크려 미소를 지은 채 아냐의 머리를 쓰다듬었다.

"이 개들은 아마 고생을 많이 하며 살았을 거야. 그러니까 아가씨도 그 애한테 잘해 주고 잘 보살펴야 한다? 약속해."

아냐는 눈을 빛내며 고개를 끄덕였다.

"감삼다. (아버지의) 높은 사람."

"후후."

관리관이 로이드의 곁에서 속삭였다.

"착한 아이인걸."

"남의 고생도 모르고…."

"아니, 알아. 나도 저만한 딸이 있었거든."

"잘됐네요, 아냐, 멍멍아."라고 요르가 말하자 아냐는 두 손을 들고 기뻐했고 하얀 개는 "멈!" 하고 짖었다.

그런 모습을 바라보며 관리관은 선글라스 안쪽에서 눈웃음을 지었다.

"오늘이 평화로워 다행이야."

그리고 그런 관리관의 표정을 보고 로이드도 온화한 미소를 지으며 답했다.

"그렇군요."

하얀 개는 건강검진을 위해 하루 동안 맡기기로 했다. 문제가 없으면 내일 포저 가족에게 데려다주겠다는 모양이다.

"그럼 돌아갈까?"

"그래요. 긴 하루를 보내서 피곤하네요."

이제 안심이라는 표정인 로이드와 요르를 아냐가 올려다보았다.

“집에 돌아갈 때까지가 소풍! 방심하면 안 돼.”

“학교에서 배웠니? 소풍은 아니지만.”

아냐의 말에 로이드가 반응하자 요르가 다정하게 말했다.

“괜찮아요, 아냐. 사건은 이제 해결됐으니까요.”

요르는 생긋 웃으며 생각했다.

‘후후후. 세상에, 내가 오늘 악당을 쓰러뜨리고 남모르게 이 나라의 평화를 지켰네♪’

아냐도 씨익 웃으며 생각했다.

‘후후후 아버지 폭탄 막은 거 아냐 덕분이야. 아냐 세계를 구했다☆’

그리고 로이드는….

‘하아… 간신히 동서의 관계가 긴장되는 사태는 면했지만 몸이 말이 아니군…. 속 쓰려….’

핼쑥해져 있었다.

‘후후후♪’

‘에헴☆’

‘하아….’

포저 가족은 저마다 다른 심정으로 귀갓길을 걸었다.

올 때와 마찬가지로 로이드의 옆에서 요르와 손을 잡고 웃는 얼굴로 거리를 걷는 아냐는, 앞으로 시작될 개와의 생활이 너무나도 기대되었다.

◇

[다음 뉴스입니다. 어제 시내에서 두 건의 교통사고가….]

TV에서 사고에 관한 뉴스가 흘러나왔다. 하지만 테러리스트가 얽힌 일이라는 사실이 보도되지 않는 걸 보면, 예상대로 사건은 공표하지 않을 모양이다.

그런 가운데 아냐는….

"멍멍이 아직? 멍멍이 아직?"

하얀 개가 도착하기를 설레는 마음으로 이제나저제나 하고 기다리고 있었다.

"진정해, 곧 올 거다."

그때 찌르르릉, 현관 벨 소리가 울렸다.

"!"

문을 열자 〈WISE〉 직원이 데려온 하얀 개가 있었다.

"그럼 잘 부탁합니다."

개를 양도한 직원이 돌아가자 하얀 개는 두리번두리번 주변을 관찰했다.

"후후후, 여기가 어딘가 하는 얼굴이네요."라고 요르가 말하자 아냐는 손을 번쩍 들며 활기찬 목소리로 말했다.

"아냐네 집에 온 것을 환영합니다 멍멍이 님!"

미소 짓고 있는 로이드와 요르 사이에서 두 손을 든 아냐가 웃었다.

얌전…
그럼 잘 부탁합니다.
두리번 두리번
후후후, 여기가 어딘가 하는 얼굴이네요.
확
아냐네 집에 온 것을 환영합니다, 멍멍이 님!

"오늘부터 여기가 네 집이야!"

"'너'는 좀 그러니까 이름을 지어 주자."

"이름…."

하얀 개는 포저 가족 세 명을 물끄러미 쳐다보았다.

과거 '8호'라 불리던 때의 일을 떠올리며….

'8호, 나와라. 투약 시간이다.'

'이놈, 가만히 있어!!'

'자, 먹이다. 감사히 먹어.'

하얀 개는 매일 흰옷을 입은 인간들에 둘러싸여 주사를 맞고, 정체 모를 먹이를 먹었으며, 몸에 여러 가지 기구를 달고 실험을 당했다.

'전압을 높여.'

'이 이상은….'

'상관없어. 개 같은 건 죽어도 또 구하면 돼.'

"……."

하얀 개는 과거의 괴로운 기억이 떠올라, 현관 앞에서 뻣뻣하게 굳어 버렸다.

"왜 그러지?"

"긴장했어? 간식 먹을래? 사양하지 마."

요르와 아냐가 하얀 개를 들여다보며 말했다.

그 후, 아냐는 진심으로 기쁜 듯이 말을 이었다.

"너는 이제 포저 가의 가족이야!"

아냐의 말에 하얀 개는 검은 털이 난 발을 살며시 방 안에 내디뎠다.

하얀 개가 "멈!" 하고 짖자 아냐가 그 목에 얼굴을 파묻듯이 꼭 끌어안았다.

[어젯밤부터 시작된 회담은 이틀째를 맞아, 군축 협상은 순조로운 출발을….]

그날 밤, TV 뉴스에서는 포저 가족의 (비밀스러운) 노력으로 실현된 장관급 회담에 관한 소식이 흘러나왔다.

타박…
멈!
어젯밤부터 시작된 회담은 이틀째를 맞아.
군축 협상은 순조로운 출발을—.

제7화 네이밍 센스를 발휘하라

폭탄 사건에 휘말려 하얀 개를 만난 폭풍 같은 주말이 지나, 평소와 같은 아침이 왔다.

아냐는 학교에 갈 준비를 하며 로이드와 대화를 하다가 눈이 동그래져서 물었다.

"악당 퇴치에 협력했는데 아냐 별 못 받아…?"

"그래. 동서 양국 사이가 나빠지지 않도록 이번 사건은 비밀로 해야 하거든."

양치질 중이던 로이드가 칫솔을 쓱싹쓱싹 움직이며 말했다.

"학교에 가서도 말하면 안 된다? 경찰이 잡아가서 다시는 집에 못 오게 될 수도 있어."

'스타라이트 아냐'를 목표로 '멍멍이'와 함께 분발했던 아냐는 생각지 못한 결말에 쿠웅~ 하고 충격을 받았다.

"같이 세계를 구했는데."

시무룩해진 아냐를 하얀 개가 "멈?" 하고 짖으며 쳐다보았다.

"학교 갈 시간이에요, 아냐."

등교하라는 요르의 재촉을 들으며 아냐는 '이걸로 별을 못 받으면 역시⋯.'라고 생각하면서 다시금 기합을 넣었다.

'친구친구 작전밖에 없어⋯!!'

다미안의 집에 가서 로이드의 임무를 성공시키자고 아냐는 의욕을 불태웠다.

스쿨버스에서 내려 교실로 가는 도중, 다미안에게 하얀 개에 관해 이야기하면 어떻게 될지를 상상했는데⋯.

'뭐, 개를 샀다고?! 우리 개랑 누가누가 더 큰지 겨뤄 보자!! 데리고 와!!'

다미안의 말에 아냐가 고개를 끄덕인다.

그런 상황이 떠올라서 아냐의 입에서는 히죽히죽 미소가 떠나질 않았다.

'후후후. 아냐는 몇 번이든 세계를 구하고 말 테야!'

하지만 그 미소는 너무도 음흉한 분위기를 띠고 있어서, 근처를 걸어가던 학생들을 깜짝 놀라게 했다.

교실에서 자리에 앉자 베키가 말을 걸어왔다.

"안녕, 아냐."

"안녕입니다."

아냐가 평범하게 인사에 대답하자 베키는 '아아, 다행이다. 스타라이트 붐은 이제 지나갔나 봐.'라고 생각하며 안심했다.

아냐가 야무진 얼굴로 말했다.

"잘 들어, 베키."

"응?"

"아냐 집에도 개가 나타났다."

"어, 진짜? 어떤 애? 어떤 애야? 견종은?"

"? 그냥 하얀 거."

"몇 살?"

"…몰라, 커."

"우리 비젤이랑 누가 더 귀여울까~ 같이 놀면 좋겠다! 있지, 다음에 아냐네 놀러… 아니, 아냐?!"

신이 나서 떠드는 베키를 보고 '좋은 반응.'이라고 생각한 아냐는 이야기 도중에 타닥타닥 어딘가로 걸어갔다.

그렇게 나간 복도에는 다미안이… 친구친구 작전의 표적이 있었다. 유인과 에밀도 함께였다.

비장한 표정으로 아냐가 갑자기 나타나자 다미안은 경계 자세를 취했다.

"…뭐야, 무슨 볼일 있냐?"

그러자 아냐는 자신만만한 얼굴로 한참 동안 뜸을 들이다가 말했다.

"아냐네 집 개 있어."

그 말을 들은 다미안은 순간적으로 시간이 멈춘 듯이 굳어 버렸다.

그리고 다음 순간, 마음에 떠오른 말을 그대로 내뱉었다.

"그래서 어쩌라고."

다미안의 반응은 아냐가 상상도 못 했던 것이었다!

벼락이라도 맞은 듯한 충격을 받은 아냐의 눈은 눈알이 흘러나오는 게 아닐까 싶을 만큼 휘둥그레지고, 입은 얼굴의 절반을 차지할 만큼 쩍 벌어졌다.

'세계 끝났다….'

두웅~ 하고 무릎을 꿇고 고개를 푹 숙인 아냐 앞에서 다미안은 영문을 알 수가 없어서 머리 위에 물음표와 느낌표를 띄우고 있었다.

"서민을 일축하는 한마디가 대단하십니다, 다미안 님."

다미안을 칭찬하는 에밀의 말에 다미안은 "어? 응?" 하고 당황했다.

'내 말이 그렇게 심했나?'라고 생각한 순간, 유인도 한마디 거들었다.

"놀라우십니다."

그 후, 유인과 에밀은 아냐를 놀리기 시작했다.

"그래 봐야 지저분한 잡종이겠지."

"으하하하."

"……."

하지만 다미안은 놀리는 데에는 동참하지 않고 아냐에게 물었다.

"이름은, 뭔데…?"

에밀이 "어?" 하고 의아한 표정으로 다미안을 곁눈질했다.

고개를 푹 숙이고 있던 아냐도 고개를 들고 화아알짝… 꽃

그래서 어쩌라고.
?

처!
억
…….
뭐야, 무슨 볼일 있나?
사삭
아냐네 집,
번득!!
개 있어.

이 핀 미소를 다미안에게 보였다.

다미안은 놀라서 뺨을 붉혔고, 옆에 있던 에밀도 무심결에 얼굴을 붉히고 말았다.

"이름…." 아냐가 그렇게 중얼거리자 다미안이 말했다.

"그래, 들어나 보자."

"……."

짧은 침묵 후, 아냐가 답했다.

"개."

그 말을 들은 다미안은 아냐에게 빙글 등을 돌렸다.

"넌 개를 기를 자격이 없어. 괜히 물어봤네."

쿠웅~ 아냐는 충격을 받아 얼굴이 새파랗게 질렸다.

다미안은 그대로 그 자리를 뒤로 했다.

"응? 이름은 어떻게 지어야 하냐고?"

점심시간, 식당에서 밥을 먹으며 아냐는 개의 이름을 짓는 방법을 베키에게 질문했다.

"음~ 귀여운 음식 이름이나 꽃 이름에서 따는 건 어때?"

베키는 "우리 개는 전차 이름이야."라고 말해서 조언을 해 주었다.

"음식… 땅콩."

"너희 멍멍이는 크다며? 땅콩은 이상하지 않니? 겉모습에서 느껴지는 인상도 중요하다고!"

"겉모습…."

아냐는 하얗고 복슬복슬한 개의 모습을 떠올리며 말을 쥐어 짜냈다.

"백발."

독특한 센스로 지은 이름을 듣고 베키는 냉정하게 말했다.

"아빠나 엄마한테 지어 달라는 게 좋겠다."

"아냐 센스 없어…?"

아냐는 쿠웅~ 하고 충격을 받았다.

하교 시간이 되어 아냐는 스쿨버스를 타고 귀가했다.

"아버지~ 어머니~ 아냐 귀환했어~"

현관문을 열며 평소처럼 거실로 향하면서 말하자 "멈!" 하고 하얗고 복슬복슬한 것이 아냐의 눈앞으로 뛰어들었다.

"앗!"

기쁜 듯이 꼬리를 흔드는 하얀 개가 달라붙자, 아냐는 그대로 밀려나 바닥에 깔렸다.

"어머, 이제 완전히 친해졌네요. 어서 와요."

미소 짓는 요르에게 아냐가 장난스럽게 말했다.

"살려 줘~ 잡아먹혀~"

그런 가족들에게 로이드가 제안했다.

"산책이라도 데려갈까?"

"산책!"

'개를 산책'시키는 건 처음이라 아냐는 가슴이 두근두근했다.

"도서관 근처에 도그 파크가 있어요!" 요르도 즐거운 듯이 고개를 끄덕였다.

"멍멍멍~♪"

베레모를 쓰고 카디건을 걸친 아냐가 신이 나서 노래했다.

아냐와 하얀 개는 로이드와 요르 사이에서 나란히 걸어, 다 같이 도그 파크로 향했다.

"아버지! 아냐도 끈 잡는 거 해 보고 싶어!"

하얀 개의 목걸이에 연결한 목줄을 쥔 로이드에게 아냐가 손을 뻗었다.

하지만 로이드는 "너한테는 아직 일러. 개한테 끌려 갈라." 라고 타이르더니….

개와 함께 살기 위한 마음가짐에 관해 말했다.

"훈련된 개라지만 길을 잘 들여야지. 너도 이래저래 배울 게 많아. 먹이 주는 법, 칭찬하는 법, 꾸짖는 법, 그리고 다른 것들도…. 끝까지 책임지고 돌볼 각오를 해야 해."

"읭!"

"그러고 보니 이름은 정했니?"

"…아냐 네이밍 센스 절망적."

"어… 그래…."

자세히 듣지 않아도 대충 알 것 같아서 로이드는 아냐에게 구체적인 조언을 했다.

"부르기 쉽고 개가 인식하기 쉬운 단순한 게 좋겠군. 개는 자음을 잘 못 알아들으니 모음으로 사인을 주는 구성이 좋다고 하더군. 예를 들자면 'a, u, o' 같은 걸로."

"…어려워."

아냐가 얼굴을 찌푸리자 그 옆에서는 요르가 '사인(sign)'과 '사인(死因)'을 착각해서 '**사인**을 주는 게 좋다고…?'라는 흉흉

한 상상을 전개하고 있었다.

'실혈사가 좋은가요? 아니면 압사?'라고 물어도 싫어싫어, 하고 고개를 가로젓는 하얀 개의 모습이 떠올랐다. 요르는 상상 속에서 하얀 개에게 '참 답답한 아이네요!'라고 태클을 걸었다.

로이드는 말했다.

"뭐, 이 녀석의 성격을 본 다음에 정해도 되겠지."

그 후, 일가는 나란히 도그 파크에 들어갔다.

"와아~~"

눈앞에 펼쳐진 풍경에 아냐가 눈을 반짝거렸다.

도그 파크 안은 잔디밭으로 되어 있고 여러 종류의 개들이 신나게 뛰어다니고 있었다.

아냐는 신이 나서 오른쪽으로 "와~~" 왼쪽으로 "와~~" 하고 손을 벌린 채 뛰어다녔다. 하지만….

하얀 개는 얌전히 앉아서 그 모습을 물끄러미 쳐다보고 있기만 했다.

그러자 아냐가 후다닥 돌아와서 하얀 개에게 호소했다.

"멍멍이도 뛰어! 이대로 있으면 아냐 파크가 돼 버려!"

"?"

하얀 개는 어리둥절한 눈치였다.

이어서 아냐는 근처에서 도그 스포츠를 하고 있는 개와 사람을 가리키며 "그래 멍멍이도 저거 하자!"라고 말했다.

그들이 하고 있던 것은 프리스비였다. 주인이 "간다, 레오

~"라고 말하며 원반형 프리스비를 던지자, 그것을 레오라 불린 개가 쫓아가서 입으로 물고 돌아왔다.

아냐는 프리스비 대신 신고 있던 쇼트 부츠를 던져 보았다.

"이얏!"

부츠는 얼마 안 가서 툭 떨어졌지만… 하얀 개는 한 발짝도 움직이지 않고 빤히 쳐다보기만 했다.

아냐는 혼자서 깡충깡충 한 발로 뛰어서 부츠를 주우러 갔다.

"역시 이름 없으면 안 돼?"

고민하던 아냐는 도그 파크에 있는 다른 주인들에게로 향했다.

"실례합니다. 이 멍멍이 이름은 뭐야?"

"어떻게 정했어?"

"비결 가르쳐 줘."

"너무 멀리 가면 안 돼요~"라는 요르의 주의를 받으며 이름에 관해 물으며 돌아다녔다.

그 후, 아냐는 하얀 개에게 자신이 생각해 낸 이름을 말해 보았다.

"네 이름은 러키 바닐라 프린세스 3세!"

"……."

"그럼 아토믹 엔젤 찰리 장군!"

"……."

여전히 하얀 개는 아냐를 빤히 쳐다볼 뿐이었다.

그럼에도 신이 나서 어울려 노는 아냐의 모습에 요르는 흐뭇한 미소를 지으며 말했다.

"후후후. 아냐가 즐거워 보이네."

"……."

그런 요르의 옆에서 로이드는 말이 없었다.

조금 전 자신이 아냐에게 했던 말이 마음속을 맴돌았다.

'마지막까지 책임지고 돌볼 각오…?'

하얀 개에 올라타고 함께 달리거나 잔디밭에 쓰러져 어울려 노는 아냐의 모습을 보며 로이드는 살며시 눈을 내리깔았다.

'〈황혼〉이 할 말은 아니군….'

오퍼레이션 〈올빼미〉의 임무가 끝나면 그를 위해 만든 가족인 '포저 일가'는 필요 없어지고 아냐, 요르와의 관계도 거기서 끝이다.

'물론 최대한의 사후 조치는 할 생각이지만.'

그런 생각을 하며 로이드는 자신이 해야 할 일이 무엇인지를 다시금 되새겼다.

'이번 테러 사건으로 재확인했다. 이 동서 평화는 겉보기뿐인 허상에 불과하다는 걸. 한시라도 빨리 냉전을 종식시켜야 한다. 그것이 최선의 미래야.'

"이봐~ 이제 돌아가자~"

로이드의 말에 아냐와 하얀 개가 돌아왔다.

"집에 가면 공부해야지."라고 로이드가 말을 잇자 아냐는 충격을 받았다. 하지만 곧이어 "…어라?" 하고 입을 열었다.

"아냐 장갑 잃어버렸어. 어딨지?!"

"어디 떨어뜨린 걸까요?"

아냐와 요르가 주변을 둘러보았다.

"아냐가 좋아하는 장갑~"

"아무 데도 안 보여요."

그러자 킁킁 냄새를 맡던 하얀 개가 문득 걸어나갔다.

그 앞에서는 부자처럼 보이는 아주머니가 사나운 눈매의 불도그를 데리고 있었는데, 그 개는 리본 달린 장갑을 물고 있었다.

"앗, 아냐 장갑!! 돌려줘!!"

아냐가 달려가며 손을 뻗자 불도그는 "으르릉." 하고 위협을 했다.

'내가 찾았어, 내 보물이야.'라는 집념이 가득한 불도그의 마음의 목소리가 들려와서 아냐는 "히잉~~" 하고 울면서 벌벌 떨었다.

하지만 그때….

하얀 개가 불도그에게 성큼 다가갔다.

하얀 개의 몸은 불도그보다 훨씬 커서, 압도된 불도그는 식은땀을 흘리며 꼼짝도 못 하다가… 입에 물고 있던 장갑을 툭 떨어뜨렸다.

불도그의 어깨를 하얀 개가 앞발로 건드리자 불도그는 털썩… 주저앉았다.

"아니! 우리 애한테 뭐 하는 짓이야!! 웬 들개가 여기 있어?!"

아주머니는 씩씩 화를 냈지만 하얀 개는 아무렇지 않게 장갑을 물어 아냐에게 돌려주었다.

"멈."

"고마워 멍멍아…."

하얀 개에게 감사 인사를 하던 중, 문득 어떠한 것이 아냐의 머리에 떠올랐다.

〈스파이 워즈〉에서 봤던 한 장면이다.

주인공인 본드맨이 허니 공주에게 무릎을 꿇은 채 이런 말을 했다.

[악의 조직이 훔쳐간 당신의 털실 복대를 찾아왔습니다, 허니 공주!]

[아아, 고마워요, 본드맨! 돌아가신 어머님께 물려받은 소중한 물건이었어요!]

본드맨이 멋지고, 허니 공주도 매우 기뻐했던 것이 인상 깊은 장면이었다.

아냐는 하얀 개에게 말했다.

"너 본드맨 같다. 되찾아줬어."

그러고는 하얀 개의 검은 발을 보며 말을 이었다.

"그러고 보니 너도 장갑 끼고 있네."

검은 장갑에 검은 구두를 신은 본드맨 같다고 생각했다.

"……."

아냐는 커다란 눈을 동그랗게 뜬 채 생각하다가 말했다.

"아버지! 아냐 멍멍이 이름 정했어!"

그날 밤, 가족이 모두 모인 자리에서 아냐는 하얀 개의 목줄에 검은 나비넥타이를 꼭 묶어 주었다.

그러고는 얌전히 앉아 있는 하얀 개와 나란히 서서 웃는 얼굴로 발표했다.

"멍멍이의 이름은 '본드'로 정했다!"

이름을 지어 주자 하얀 개… 본드도 어쩐지 자랑스러워하는 듯했다.

"본드맨의 '본드'니? 하긴 'o' 발음이니 나쁘지 않군."

로이드도 납득이 되는 이름이었다.

"멈멈!"

하얀 개가 아냐의 뺨을 날름 핥자 아냐는 "와 간지러워."라면서 웃었다.

"후후. 마음에 드나 봐요, 목걸이도 딱 맞아!"라면서 요르도 미소 지었다.

본드와의 생활이 본격적으로 시작되자 아냐는 의욕이 넘쳤다.

"좋아, 본드! 네게 첫 번째 미션을 주마!"

꼬옥
짜——잔
멍멍이의 이름은,
'본드'로 정했다!
본드맨의 '본드'니?
멍멍!
와, 간지러워.
날름
후후, 마음에 드나 봐요.

아냐가 꺼낸 것은 도그 푸드였다. 본드 전용 그릇에 촤아~ 부어 주고서 지령을 내렸다.

"이 도그 푸드를 모두 먹을 것!"

"멈!"

아냐는 아작아작 도그 푸드를 먹는 본드를 물끄러미 쳐다보았다.

그러다가 슬그머니 손을 뻗어서 도그 푸드를 한 알 오독오독 맛봤는데….

"이 맛도 저 맛도 아니야."라고 중얼거렸다.

얼마 후, 본드가 몸을 움찔거리기 시작했다.

"음? 쉬하고 싶어? 따라오게 본드 군!"

본드가 **몸을 움찔거리는** 걸 알아챈 아냐는 방구석에 준비해 둔 본드 전용 화장실로 안내했다.

"알겠나, 여기가 네 화장실이다. 어제도 가르쳐 줬지만."

본드 전용 화장실은 본드의 몸에 맞는 크기로 만들어졌다.

"여기 이외의 곳에 누면 깨끗한 걸 좋아하는 어머니가 폭발할지도 모른다. 살해당하지 않도록 명심할 것."

본드는 어기적어기적 화장실에 들어가 푸르르 소리를 내며

그것을 했다.

화장실에서 삐져나오지 않게 잘하기는 했지만, 바로 옆에서 화장실을 지켜보던 아냐는 냄새가 난다는 것을 알아채고서 말했다.

"…똥이었군."

"좋아, 본드! 다음은 만화 영화 감상이다! 너의 기원을 가르쳐 주마."

"멈!"

아냐는 자신이 좋아하는 애니메이션 '스파이 워즈'를 본드와 함께 보았다.

본드라는 이름의 유래인 본드맨의 활약을 함께 즐기고 싶었던 것이다.

"이 녀석, 공부하라고 했잖아! 내가 목욕하고 나올 때까지 준비해 둬."

로이드는 아냐에게 엄격하게 주의를 줬다.

하지만 로이드가 욕실에 간 후로도 "꺄하하하." "멈멈!" 하고 즐거운 듯한 목소리가 흘러나와서….

"저 녀석들이…."

로이드는 울컥한 얼굴로 옷을 벗었다.

"흠흠~♪"

부엌에서 설거지를 하며 요르가 콧노래를 흥얼거렸다.

하지만 고개를 든 순간, "응?" 하고 그 콧노래를 멈췄다.

얼마쯤 지나 욕실에서 나온 로이드에게 요르가 손짓을 했다.

"로이드 씨, 로이드 씨."

"?"

"저기 좀 보세요."

"뭐죠?"

요르의 부름을 받은 로이드는 복도에서 거실을 슬그머니 들여다보았다.

"놀다 지쳐 잠들었어요♡"

요르의 말대로 그곳에는 본드의 커다란 몸에 파묻힌 채 잠든 아냐의 모습이 있었다. 본드도 폭신폭신한 하얀 털 안에 큰대 자로 뻗어 잠든 아냐에게 바짝 붙어서 잠들어 있었는데, 매우 기분 좋아 보였다.

"어쩜 이럴 수가 있죠? 천사인가요?"

너무도 귀여운 광경을 본 요르는 자꾸만 웃음이 나는 입가를 가린 채 말했다.

로이드 역시 한숨을 쉬고서 조용히 입을 열었다.

“오늘은 봐주기로 할까.”

“그렇게 해요♡”

새근 새근~~
놀다 지쳐 잠들어 버렸어요♡
어쩜 이럴 수가 있죠?
천사인가요?
새근
오늘은 봐 주기로 할까.
그렇게 해요♡

SPY×FAMILY

제8화 어쩌면 최후의 만찬

로이드가 포저 일가의 현관문을 흘끔 쳐다보았다.

'요즘 요르 씨의 귀가가 늦다.'

곧 해가 저물 시간이다. 로이드는 거실 소파에서 책을 읽고 있고, 아냐는 러그에 앉아 본드와 놀고 있었다.

"아버지~ 밥 아직이야~?"

"요르 씨가 돌아오면."

아냐의 말에 로이드는 눈을 가늘게 뜨고서 답했다.

'꼬치꼬치 캐물을 사이도 아니라 아무것도 묻지 않으려 하고 있지만….'

배가 고픈 아냐는 본드와 수군거리기 시작했다.

"본드! 오늘 저녁밥을 **예지**해라!"

아냐가 어깨를 흔들며 말하자 본드는 "?" 하고 의아해했고, 그러던 중에 달칵 문 여는 소리가 들려왔다.

"다녀왔습니다."

요르다.

요르는 아침에 평소와 같은 차림새로 직장인 배린트 시청으로 갔다가 같은 차림새로 돌아왔지만, 로이드의 관찰안이 포착한 그녀에게서는 위화감이 느껴졌다.

'어둡고 살벌한 표정. 그리고… 손에는 대량의 베인 상처.'

"어머니 다녀왔어."라고 아냐가 말을 걸자 요르는 "다녀왔어요, 아냐."라고 답했다.

평소와 같은 가족과의 대화가 오가는 듯했지만….

"어서 와요. 저녁 먹을까요?"라고 로이드가 묻자 요르는 "아… 전 배가 안 고프니까 둘이서만 드세요. 미안해요."라고 했다.

"…그래요?"

그 후, 요르는 그대로 자신의 방으로 가 버렸다.

로이드는 요르의 뒷모습을 빤히 바라보았다.

딸칵
다녀왔습니다.
쿵…
어둡고 살벌한 표정.
그리고 ㅡ.
쿠구구…
손에는 대량의 베인 상처.

'…요르 씨, 당신은….'

그리고 그런 로이드를 아냐가 쳐다보고 있었다.

그때….

본드의 귀가 움찔움찔 떨렸다.

본드의 머릿속에 미래의 모습이 떠올랐고, 그 이미지가 아냐에게 흘러들었다. 거기에 비친 것은… 요르가 두 손으로 얼굴을 가리고 우는 모습이었다.

'…어머니 울어…? 왜??'

아냐는 요르의 방 문을 쳐다보고 있을 수밖에 없었다.

로이드도 아냐도 뭔가 이상한 요르를 저마다 걱정하고 있었다.

한편, 요르는 깜깜한 자신의 방에서 불도 켜지 않고 문을 등진 채 씁쓸한 얼굴로 상처투성이가 된 손을 바라보았다.

''이걸' 실패하면 나는… 가족을 잃을지도 몰라….'

◇

요르가 일하는 배린트 시청에 업무 종료를 알리는 벨이 울렸다.

"수고하셨습니다~"

"수고~"

하루의 업무를 마쳐 후련한 분위기가 실내에 퍼지고 요르의 동료들도 웃는 얼굴로 인사를 주고받았다.

"카밀라, 한잔 하러 갈래?"

"아… 응…."

그런 가운데 요르는 혼자서 말없이 귀가 준비를 하고 있었다.

그러고는 시청을 나서 어느 가게에 들러 물건을 샀다.

가게 문에서 나온 요르는 종이봉투를 끌어안고 있었는데, 그 표정은 어두웠고 눈빛도 탁했다.

구두 소리를 내며 요르가 향한 곳은 가족들이 기다리는 아파트…가 아니었다. 2층으로 된 저택 앞에서 벨을 눌러 문이 열리기를 기다렸다.

하지만 그러는 동안에도 손에 든 종이봉투에서 붉은 액체가 스며 나와 바닥에 뚝뚝 떨어지고 있었다….

달칵 소리와 함께 문이 열리더니 안에서 무뚝뚝한 얼굴의 여자가 모습을 드러냈다.

여자는 노려보는 눈빛으로 요르를 바라보며 말했다.

"오늘도, 하려고…?"

결사의 각오를 굳힌 듯한 표정의 요르가 말없이 고개를 끄덕이자….

"근데…."

여자는 붉게 물든 종이봉투를 가리키며 나무랐다.

"그거 토마토예요?! 다 찌부러졌잖아요. 뭐 하는 거예요, 선배!! 줄줄 흐르네!!"

"아앗."

자신을 선배라 부르는 여자의 지적에 요르는 눈이 휘둥그레졌다.

무의식중에 손으로 토마토를 으깨 버린 것인지, 종이봉투에서 빨간 즙이 뚝뚝 떨어졌다.

여자의 이름은 **카밀라**. 그렇다, 업무를 마치고 요르가 향한 곳은 동료인 카밀라의 집이었다.

"실례합니다."

"아, 요르 씨, 오늘도 열심이네요."

안에서 밝은 목소리로 맞이해 준 사람은 마찬가지로 동료이자 카밀라의 연인인 도미니크였다.

태연하기만 한 도미니크의 태도에 카밀라는 눈썹을 치올리며 소리쳤다.

"자기 때문이야!! 괜히 그런 말을 해서…."

그런 말이 무엇인지 설명하려면 3일 전….

요르가 직장 동료들에게 고민 상담을 했을 때로 거슬러 올라가야 한다.

탕비실에 있던 카밀라, 밀리, 샤론에게 고민을 털어놓았던 것이다.

"뭐?"

"요리를 배우고 싶다고?"

갑작스러운 부탁에 세 사람은 놀랐다.

"그래요. 지난번에 제가 만든 아침밥 때문에 남편이 종일 화장실에서…. 그 때문에 딸도 위험할 뻔했고…."

"와~ 난리 났네."

밀리가 솔직한 의견을 내놓자 요르가 바짝 다가서며 말을 이었다.

"이대로 가면 위기의 부부가 돼요!(즉, 일의 위기!) 누구 저를 지도해 주실 분 없을까요?"

세 사람 중 유일한 기혼자인 샤론이 말했다.

"아니… 우린 도우미가 있어서…."

"나 통조림이라면 딸 줄 알아~☆"라고 밀리가 밝은 목소리로 말했다.

카밀라는 나직하게 "…요리 학원에나 가지."라고 말하며 자리를 뜨려 했다.

하지만 그때….

"오~ 무슨 얘기들 해~?"

도미니크가 다가와 요르의 이야기를 듣더니 카밀라를 가리키며 말했다.

"아, 이 친구가 요리를 잘하는데."

"잠깐!!"

왜 괜한 소리를 하냐는 듯이 카밀라가 도미니크를 노려보았다.

요르는 그 즉시 고개를 깊이 숙이며 부탁했다.

"부… 부탁드릴게요, 카밀라 씨!!"

"싫어, 내가 왜…."

"뭐 어때, 가르쳐 줘. 좋아, 그럼 이 친구네 집에서 모이자."

"잠깐만?!"

이렇게 꺼려하던 카밀라를 도미니크가 억지로 설득해 카밀라의 요리 교실이 실현된 것이다.

"그럼 오늘도 많이 배우고 가겠습니다!"

요르는 의욕 넘치는 얼굴로 곧바로 치마를 두르고 머리를 묶었다.

그 모습에 카밀라는 "진짜 최악이야…."라고 중얼거렸다.

"너무 그러지 마."라고 도미니크가 달랬지만 카밀라는 "미리 말해 두겠는데, 독 감별은 자기가 하는 거야! 책임져!!"라고 쏘아붙였다.

그러자 도미니크가 말했다.

"아~ 그거? 그래서 한 사람을 더 불렀어."

벨소리와 함께 나타난 사람은….

"누나~~! 야호오~~☆"

"유리?!"

두 손을 들고 한가득 미소를 띤 채 등장한 사람은 요르의 동생인 유리였다.

유리는 도미니크의 이웃으로 인사를 주고받는 사이였던 것이다.

“누나가 직접 만든 요리를 먹을 수 있다길래.”

동생의 갑작스러운 등장에 요르는 “어머.” 하고 얼굴을 붉혔다.

“저 사람이 선배 동생이라고?”

요르가 사진을 보여 준 적이 있어서 카밀라는 “사진에서 본 이미지랑 다르네….”라고 중얼거렸다.

“실례하겠습니다, 카밀라 씨. 저희 누나를 언제나 잘 보살펴 주신다고요.”

유리는 명랑하게 말하며 카밀라의 손을 잡고 붕붕 흔들었다.

카밀라는 당황해서 “네….” 하고 맞장구를 쳤다.

“그런데? 오늘은 무슨 파티라도 하나요? 네? 요리 교실?”

유리가 묻자 요르는 둘째손가락을 세우며 딱 잘라 말했다.

“로이드 씨와 아냐에겐 비밀이에요! 몰래 실력을 키워야 하니까!”

‘로티 그놈을 위해 만드는 요리였다고…?’

누나를 너무 좋아해서 로이드를 눈엣가시로 여기고 있는 유리는 순식간에 복잡한 심정이 되었다.

야호오—☆
누나~~~~~~~!
덜컥
유리?!
누나가 직접 만든 요리를 먹을 수 있다길래.
저 사람이 선배 동생이라고?
사진에서 본 이미지랑 다르네…
실례하겠습니다, 카밀라 씨.
저희 누나를 언제나 잘 보살펴 주신다고요.
붕붕
네에…
그런데? 오늘은 무슨 파티라도 하나요?
네? 요리교실?
로이드 씨와 아냐에겐 비밀이에요! 몰래 실력을 키워야 하니까!

"일단 오늘은 미네스트로네를 만들어 보려고 이것저것 사 왔어요!"

"글쎄 왜 필요 없는 것까지 잔뜩 사냐고요!"

요르가 사 온 재료들을 부엌에 펼쳐 놓자 카밀라가 태클을 걸었다.

양파, 감자, 당근, 향신료며 생선에 선인장과 굵은 밧줄까지 있었다.

"미안해요! 재료가 다양하면 더 맛있을까 해서…."

"…그럼 우선 감자 껍질부터 벗겨 보세요."

"네!"

넌더리가 난다는 표정의 카밀라에게 힘차게 대답한 후, 요르는 껍질 벗기기 작업을 시작했다.

하지만 초보도 쓰기 쉬운 필러를 사용해도 잘 되지 않아 감자는 홀쭉하고 너덜너덜해졌다…. 심지어 손가락까지 같이 베는 바람에 주변이 피투성이가 되고 말았다.

"어떻게 하면 감자 껍질을 벗기면서 이렇게 되는 건데요?!" 눈이 휘둥그레진 카밀라가 따졌다.

"이… 이 무기는 다루기 어려워서…. 손가락까지 같이 깎아 버렸어요…."라고 요르가 설명하자 "필러는 무기가 아니거

든?!"이라고 카밀라는 또다시 지적했다.

그러던 중에 유리가 아무렇지 않게 끼어들었다.

"누나, 반창고 가져왔어!"

벌써부터 요리 교실은 혼란에 빠지기 시작했다.

요르는 좌절하지 않고 이번에는 식칼로 식재료를 써는 것에 도전했다.

"식칼은 자신 있어요!"

분명 요르는 날붙이를 다루는 데 익숙했다.

하지만 너무 익숙한 나머지 고기를 실밥처럼 공중에 흩날릴 정도로 가늘게 다지거나….

"너무 잘게 다지지 말라고 했잖아!! 평범하게 썰어!!"

"굉장해, 누나!"

채소를 도마와 함께 썩둑썩둑 썰기도 했다.

"아니!! 도마까지 같이 썰면 어떡해!! **아끼던** 도마였는데~!!"

"미안해요, 변상할게요!!"

"굉장하다, 누나!!"

쉴 새 없이 주의를 주는 카밀라, 사과하는 요르, 칭찬하는 유리의 목소리가 어지럽게 오고갔다.

조리대 위에는 채소 껍질이며 조각이 널려 있고, 거기서 무슨 즙 같은 게 흘러 그야말로 엉망진창이었다.

카밀라가 도저히 참지 못하고 버럭 화를 냈다.

"대체 뭐 이런 사람이 다 있담?! 결혼은 어떻게 했어요?! 돌아가!!"

"으으…."

주눅이 든 요르 옆에서 유리가 카밀라를 가만히 노려보았다.

'뭐야, 이 여자. 누나한테 무례하게. 처형해 버릴까.'

카밀라의 엄격한 지도는 계속되었는데….

"선배는 소질이 없으니 포기하는 게 좋아요. 그 멋진 남자랑은 그냥 이혼하고요."

"그럴 수가…."

요르는 풀이 죽었지만, 유리는 씨익 웃었다.

'오, 말 잘했어. 그래, 헤어져, 누나.'

하지만 요르는 포기하지 않고 고개를 들고서 진지한 눈빛으로 카밀라를 쳐다보았다.

"부탁이에요, 카밀라 씨! 로이드 씨가 이혼하자고 하면 전… 저는…!!(다시 체포될 위험이…)"

그 절실한 모습에 카밀라는 입술을 꼭 다물고 있다가… 짧은 침묵 후, 요르에게 등을 돌리며 말했다.

"자른 재료나 얼른 불에 올려요. 맛내는 방법은 그때그때 설명할 테니까. …얼른 만들고 얼른 가라고요."

말이나 태도는 매정했지만 카밀라는 포기하지 않고 제대로 가르쳐 주었다.

"카밀라는 의외로 좋은 친구죠. 성격이 좀 그래서 그렇지."

도미니크가 감싸듯이 말하자 요르는 "?" 하고 의아한 얼굴로 말했다.

"카밀라 씨는 그냥 봐도 선량한 분인걸요."

도미니크와 요르의 말에 얼굴이 빨개진 카밀라가 "이 사람들이!!"하고 화를 냈다.

이렇게 요리 교실은 어찌어찌 진행되었다.

"…자, 일단 첫 요리는 완성!"

완성된 수프에는 이상한 모양의 채소 조각, 눈을 부릅뜬 생선 대가리, 생선의 뼈, 뭔지 모를 고기의 뼈, 길고 가는 면 같은 것이 떠올라 있었다.

"……."

"자, 네 차례다, 유리! 독… 아니, 맛을 한번 봐!"

카밀라와 도미니크는 무서워서 손을 댈 수가 없었다.

한편, 권유를 받은 유리는 신이 나서 테이블에 앉았다.

“어, 그래도 돼요? 잘 먹겠습니다!”

합.

조마조마한 마음으로 요르가 지켜보는 가운데, 유리는 차분히 맛을 보았고….

‘맛있어♡’

푸화악!

환희에 찬 표정을 지은 채 제트 엔진처럼 먹은 것을 토했다.

"너무너무 맛있어, 누나!! 아아, 그리운 누나의 맛이야아~"

"어머♡"

요르는 그 감상을 기쁜 얼굴로 듣고 있었다.

유리는 와구와구 먹는 동시에 우웩 토하며 맛있다는 듯이 "뭐야 이거"라고 하고는 푸화악~ 하고 다시 토했다.

"어… 토하는 것 같은데… 응…? 어느 쪽이지?"

말과 몸의 상태가 일

치하지 않는 유리의 모습에 혼란스러워진 카밀라와 도미니크는 서로 눈치를 살폈다.

계속해서 음식을 먹는 유리를 보고 두 사람은 '혹시?' 하는 표정을 지었고, 조심스럽게 수프를 입에 넣어 보았다.

다음 순간….

카밀라와 도미니크는 시체처럼 바닥에 쓰러졌다.

"아앗?!"

요르가 놀라고 있자, 간신히 일어난 카밀라가 요르에게 바짝 다가와서 따졌다.

"뭘 어떻게 하면 이렇게 되냐고요!! 내 말 듣기는 했어요?!"

"미안해요, 미안해요."

그런 가운데, 입에서 피를 흘리며 수프를 다 먹어치운 유리가 웃는 얼굴로 말했다.

"누나, 더 없어?"

카밀라는 미네스트로네는 아직 일렀구나, 생각하며 다른 요리를 제안했다.

"좀 더 간단한 요리로 하죠. 미트볼 같은 거."

"알겠어요!"

두 번째 요리가 완성되었다.

접시에 가득 찰 만큼 커다란 고기 경단 하나가 놓여 있었는데, 고기 경단에서는 생선 꼬리와 끈끈한 실처럼 생긴 것, 채 썰리지 않은 이파리가 들러붙어 있었다.

"맛있다, 맛있다!! 이상하게 땀이 나지만 맛있어~♡"

유리는 이번에도 우웩우우욱~ 토를 하며 엄청난 기세로 요르의 요리를 맛봤다.

"아아, 이 맛을 곱씹고 있자니 어린 시절의 추억들이 주마등처럼 차례로…. 어…? 강 건너편에 있는 저 사람은 엄마…?"

"스톱! 유리, 일단 스톱!!"

유리가 사경을 헤매는 소리를 하자 도미니크가 허둥지둥 제지했다.

카밀라는 생각했다.

'…그래. 선배는 부모 없이 둘이 자랐댔지….'

유리와 요르의 대화를 통해 카밀라는 요르의 성장 배경을 대충 짐작할 수 있었다.

"먹어 주는 사람이 이딴 인간밖에 없어서 둘 다 미각이 이상해진 거군요…."

'이딴 인간'이라는 말에 유리가 카밀라를 째려보는 가운데,

요르가 "영양만 섭취하면 그만인 줄 알고…."라고 설명을 했다.

도미니크는 크윽, 하고 눈물지었다.

"유리가 건강하게 자라서 다행이야…."

많은 고생을 하고 살아온 듯한 남매에게 카밀라가 물었다.

"…혹시 부모님이 만들어 준 음식 중 맛있었던 건 기억 안 나요?"

"으~음…? 유리, 기억나는 음식 있니?"

"엄마의 요리…?"

유리는 아주 예전, 어머니가 있었을 때의 기억을 떠올려 보았다.

"음~ 희미하지만 스튜 같은 걸 자주 만들어 주지 않았나? 따뜻하고 좋았는데."

"아아! 달걀프라이를 얹은 그거!"

유리의 이야기를 듣자 요르도 기억이 났다.

소박했지만 따뜻한 식탁의 광경. 요르와 유리가 나란히 앉은 테이블에 앞치마를 한 어머니가 달걀프라이를 얹은 스튜를 가져왔다. 맛있어 보이는 스튜를 보고 눈을 빛내는 유리를 흐뭇한 미소로 바라보던 기억이 요르에게는 있었다.

"좋아, 그걸 만들어 보죠. 맛을 잘 떠올려 보세요. 아마 베이스는 간단한 남부식 스튜일 거예요."

요르의 기억에 남아 있는 요리라면 성공할지도 모른다고 생각한 카밀라가 계속해서 지도를 해 주었다.

요르는 특기인 칼질을 활용해 도마에서 슈파바바밧 채소를 썰어, 곡예라도 부리듯 호를 그리며 냄비에 넣었다.

"끓으면 불을 끄고. 아마 파프리카 파우더가 들어갈 거예요."

요르는 카밀라가 하는 모든 말을 자세하게 메모했다.

"눋지 않도록 조심해요. 소금과 후추도 분량대로!"

요르는 국자를 들고 냄비를 바라본 채 열심히 스튜를 저었다.

그런 요르의 모습을 보고 카밀라가 말했다.

"요즘 선배 분위기가 달라졌던데요. 전에는 좀 더 로봇처럼 따분한 얼굴이었는데."

"어? 네? 그런가요…?"

애초에 요르는 자신이 로봇 같은 얼굴을 하고 있었다는 것도 몰랐다. 하지만 만약 달라진 것처럼 보인다면 그건… 하고 생각했다.

"겨… 결혼을 해서… 그런 걸까?"

"엉?"

요르의 말에 카밀라가 울컥한 듯이 되물었다.

"어디서 인생 승리자 같은 소리예요? 그냥 화장법이나 좀 바뀐 거겠지. 으스대기는!"

"미안해요, 미안해요."

허둥지둥 요르가 사과하고 있자, 도미니크가 카밀라의 어깨를 톡톡 두드리며 말했다.

"그래, 그래, 카밀라도 충분히 멋진 숙녀라고. 자신감을 가져."

"아니…."

카밀라는 화가 난 듯이 투덜대며 뺨을 붉혔다.

직후, 도미니크가 냄비를 가리켰다.

"그나저나 처음으로 좋은 냄새가 나는데, 이거 성공한 거 아닐까?"

카밀라는 맛보기용 스푼을 냄비에 넣어 조심스럽게 스튜를 입에 대고는 놀란 얼굴로 냄비를 바라보았다.

"음, 나쁘지 않아."

하지만 가스레인지 너머에서 손을 뻗어 맛을 본 유리는 추억의 맛과 비교하고는 "맛있긴… 하지만, 뭔가 부족한 것 같은데…."라고 말했다.

남부식 스튜를 베이스로 뭔가 악센트를 더한다면….

카밀라는 생각했다.

"선배, 출신이 어디였죠?"

"닐버그 동쪽이에요."

"음~ 그쪽 지방이라면 사워크림을 넣었을지도."

곧장 카밀라는 냉장고에서 사워크림을 꺼내 냄비에 넣어 보았다.

그러고서 다 같이 가볍게 맛을 보자….

"!"

요르와 유리는 동시에 깜짝 놀라 '이거다'라고 말하듯이 얼굴을 마주 보았다.

그날 밤, 포저 가의 거실에서는 "기다려." "먹어!"라는 말이 울려 퍼지고 있었다.

로이드가 "기다려."라고 하며 본드의 코앞에 손을 내밀자 본드는 움직임을 멈췄고, "먹어!"라고 하자 앞에 놓인 간식을 덥썩 먹었다.

로이드가 본드를 훈련시키고 있는 것이다.

기본적으로 똑똑한 개라는 사실을 재확인한 로이드는 본드의 머리를 쓰다듬어 주었다. 당장에라도 경계 훈련을 시킬 수 있을 것 같다고 생각하며….

하지만 그러던 중, 아냐가 투정을 했다.

"아버지~ 아냐 '기다려' 못 해~ 배고파~"

아냐의 배에서 **꼬르르륵~~** 소리가 났다.

아냐와 로이드는 저녁 식사를 함께 하기 위해 요르가 돌아오기를 기다리고 있었지만 슬슬 한계인 것 같다.

"그래… 벌써 시간이 이렇게 됐나."

로이드가 시계를 확인하던 참에 마침 요르가 귀가했다.

"미안해요, 많이 늦었죠?"

"어서 와요, 요르 씨."

인사하던 로이드는 요르가 끌어안고 있는 종이봉투를 보고 "응?" 하고 의아해했다.

요르는 안에서 식재료를 꺼내 부엌에 늘어놓았다.

"그 식재료는?"

로이드의 물음에 요르는 자신 있게 답했다.

"오늘 저녁밥은 제가 만들게요!"

로이드와 아냐의 얼굴에서 순식간에 핏기가 가셨다.

하지만 요르는 신경 쓰지 않고 팔을 걷고 방금 배워 온 요리를 하기 시작했다.

"요리 특훈을 했다고요?"

"죄송해요, 그동안 숨겨서…."

보글보글 끓는 냄비 옆에서 로이드와 요르가 이야기를 했다.

로이드는 요즘 요르가 집에 늦게 들어온 이유를 듣고는 "그래서였나…." 하고 납득했다.

"이건 남부식 스튜…?"

"네! 어머니가 자주 만들어 주셨어요."

냄새가 풍겨 와서 본드가 코를 킁킁거렸다.

그렇게 완성된 스튜가 테이블로 옮겨졌다.

"다 됐어요!"

채소의 모양은 역시나 울퉁불퉁했고, 위에 얹어진 달걀프라이는 노른자가 깨졌지만….

"드셔 보세요!"

스튜 앞에서 숨을 죽이고 있자, 로이드와 아냐의 심장이 쿵덕쿵덕 빠르게 뛰기 시작했다.

'냄새는… 안전하군.' 로이드가 확인했다.

'최후의 만찬…!' 아냐는 속으로 생각했다.

두 사람은 죽음을 각오하고 스튜를 입에 넣었다.

합….

그리고 짧은 침묵 후….

로이드와 아냐는 퍼뜩 고개를 들며 말했다.

"맛있어!"

두 사람은 입을 모아 그렇게 말했고, 로이드는 "맛있네요!"라고 말을 이었으며, 아냐는 "말도 안 돼."라고 중얼거렸다.

"아냐 이거 좋아!"

남부식 스튜가 마음에 들었는지 아냐는 와구와구 먹었다.

로이드도 "어쩐지 마음이 푸근해지는 맛이네요."라면서 미소 지었다.

요르가 만든 요리를 로이드와 아냐가 나란히 먹고 있다. 두 사람의 표정은 매우 온화하고 밝았으며, 맛있다는 듯이 스푼을 입으로 옮기고 있었다.

눈앞에 있는 테이블에서 그런 광경이 펼쳐지고 있는 것을 보고, 요르는 참지 못하고 두 손으로 얼굴을 가렸다. 손은 오늘도 상처투성이였다.

"앗, 왜 그래요, 요르 씨?! 왜 울고…."

"미안해요, 두 사람의 얼굴을 보니 어쩐지 마음이 놓여서…."

맛있어!
요!
말도 안돼
아냐
이거 좋아!
……
어쩐지 마음이
푸근해지는
맛이네요.
맛있어
맛있어

요르는 생각했다.

'살인 청부업을 계속하기 위해 이 생활을 지켜야 한다고 생각했지만…. 두 사람에게 인정받는 게, 두 사람이 웃어 주는 게, 단순히….'

'이렇게나 기쁠 줄이야….'

요르도 로이드와 아냐의 맞은편에 앉아, 즐겁게 대화를 나눴다. 테이블 옆에는 본드가 얌전히 앉아 있었다.

"저, 약간 자신이 생겼어요! 포저 가의 아내로서! 엄마로서!"

요르는 매우 밝은 얼굴로 가슴 앞에서 두 주먹을 쥐었다.

로이드도 그 말을 듣고 미소 지었다.

"앞으로도 잘 부탁합니다."

그 후, 요르는 매우 요상하게 생긴 다른 요리 한 접시를 더 가져왔다.

"맞아, 하나 더 만들어 봤으니 맛볼래요?! 이건 제 오리지널 요리지만요!"

"먹을래!"

아냐는 만세를 부르며 좋아했고, 로이드도 웃는 얼굴로 고개를 끄덕였다.

하지만….

한 입을 먹은 로이드와 아냐는 시체처럼 바닥에 쓰러졌다.

"아앗."

요르의 신음 소리가 울려 퍼졌다.

아버지 로이드, 딸 아냐, 어머니 요르에 개 본드. 새로운 가족이 들어오자 포저 가족의 일상은 활기차게 돌아갔다.

하지만 요르의 요리는… 아직 방심할 수 없을 것 같다.

3권 끝

이 책은『SPY × FAMILY』3~5권을 토대로 노벨라이즈했습니다.

SPY×FAMILY

SPY×FAMILY 노벨라이즈 3
신비한 개와 폭탄 사건

2025년 10월 10일 초판 발행

저자 와다 히토미 | **원작·일러스트** 엔도 타츠야 | **옮긴이** 정대식
발행인 정동훈 | **편집인** 여영아
편집 팀장 김은실 황정아 | **편집** 노혜림
발행처 (주)학산문화사 | 서울특별시 동작구 상도로 282 학산빌딩
편집부 02.828.8838(전화) | **영업부** 02.828.8986(전화)
홈페이지 www.haksanpub.co.kr | **등록** 1995년 7월 1일 | **등록번호** 제3-632호

ISBN 979-11-411-6135-4 04830
ISBN 979-11-411-4458-6 (세트)

값 8,000원

미술 소녀×미술 소년의
청춘 그라피티!
미술부원이라는 이유로
학교 비품 제작을 떠맡은 신타로.
익숙하지 않은 공구 작업을 하다 보니
아주 무섭게 생긴 여자아이가
이쪽을 노려보는데…!
그녀는 신타로의 톱을 빼앗더니
현란한 손놀림으로 판자를
자르기 시작한다…!!
0.5인분의 연인
HANNINMAE NO KOIBITO
©2023 by Daichi Kawada/SHUEISHA Inc.
(주)학산문화사

The Ramparts of Ice
히카와 코유키
HIKAWA KOYUKI
고고한 얼음 여왕
아즈미 미키
AZUMI MIKI
학교의 아이돌
아마미야 미나토
AMAMIYA MINATO
거리감 제로
스스럼없는 성격
히노 요우타
HINO YOUTA
상냥하고 자상한 남학생

밀리언 크라운 5

타츠노코 타로 지음 | 코게차 일러스트

타츠노코 타로가 선사하는
인류 재연(再演)의 이야기, 격진의 제5막!

큐슈에서의 사투를 마치고 왕관종 중 하나인 오오야마츠미노카미를 토벌하는 데 성공한 극동도시국가연합 일행들. 전후 처리를 마친 시노노메 카즈마는 '나츠키와의 데이트 약속'으로 고민하며 휴가를 쓰지만, 쉬기는커녕 연달아 예정이 생기는데?! 귀국한 적복 필두 와다 타츠지로, '최강의 유체조작형'이라 불리기도 하는 왕년의 인류최강전력(밀리언 크라운)과의 대련이 시작되고, 중화대륙연방, EU연합의 갑작스러운 방문과 시대를 뒤흔들 '신형병기' 공개, 그리고 그 끝에서 기다리는 긴장되는 데이트에서…! 여러 가지 이야기가 교차되는 가운데 파란만장한 휴가의 막이 오른다!

(주)학산문화사 발행

아다치와 시마무라 10

이루마 히토마 지음 | raemz 일러스트 | 논 캐릭터 디자인

이루마 히토마가 선사하는
평범한 여고생들의 풋풋한 이야기, 제10탄!

나는 내일 이 집을 떠난다. 시마무라와 같이 살기 위해서. 나도 시마무라도 어른이 되었다. "아~다치." 벌떡 일어났다. "으아앗." 호들갑스럽게 뒤로 물러선 나를 보고 시마무라가 눈을 휘둥그렇게 떴다. 장난스럽게 양손을 들어 올렸다. 아래로 내려와 눈에 걸친 머리카락을 쓸어넘기면서 좌우를 둘러보고 이제야 상황을 이해했다. 아파트로 이사를 왔었다. 둘이서 지내는구나, 앞으로 계속. "자, 잘 부탁합니다." "나도 많이 부탁을 하게 될 테니, 각오해 둬." 나의 세계는 모든 것이 시마무라로 되어 있었고, 앞으로 계속될 미래에는 그 어떤 불안도 없었다.

이데올로그! 7

시이다 주조 지음 | 유우키 하구레 일러스트

리얼충 폭발 안티 러브 코미디, 최종권!

"료케 양이 학생회장 선거에 출마해 줬으면 해요." "나는 그렇게 사람들 앞에 나서서 이야기하는 건…." 학생회장 미야마에의 추천으로 내키지는 않았지만 차기 학생회장 선거에 입후보한 료케. 미야마에의 후원 덕분에 당선이 거의 확실해 보였지만…. "놀랐어요. 당신이… 입후보할 줄이야." 학생회 내부에 숨어 있던 복병, 서무 사지카와의 여러 방해 공작 때문에 선거전은 파란의 양상을 보인다. 이런 혼란 속에서 대성욕찬회의 과격파가 타카사고를 납치하는데…?!

(주)학산문화사 발행